COBALT-SERIES

破妖《はよう》の剣《つるぎ》　6

# 鬱金《うこん》の暁闇《ぎょうあん》23

前田珠子

JN177909

集英社

目次

鬱金《うこん》の暁闇《ぎょうあん》 23

# 破妖の剣　鬱《う》金《こん》の暁《ぎょう》闇《あん》

## これまでのあらすじ

創造神ガンダルの生み出した世界、ガンダル・アルス。人々は複数の命と強大な力を持つ魔性たちに脅かされていた。彼らに対抗できる力を持つ人間たち——封魔の力を持つ捕縛師《ほばくし》、滅魔の剣に選ばれた破妖剣士《はようけんし》、魔性を味方に引き入れる力を持つ魅縛師《みばくし》——が「浮城《ふじょう》」に集い、魔性との戦いに尽力していた。

ラエスリール（ラス）は、金の妖主《ようしゅ》を父に、かつて城長《しろおさ》だった魅縛師を母に持つ少女。浮城屈指の破妖刀「紅蓮姫《ぐれんき》」に選ばれた彼女は破妖剣士として著しい活躍をするが、闇主《あんしゅ》という謎の魔性に愛され翻弄され、魔性として生きることを選んだ弟・乱《らん》華《か》には歪んだ執着心で追いかけられ、彼女はなにかと切れぬ絆《きずな》や因縁がつきまとうのだった。

妖主の一人、翡翠《ひすい》の妖主を滅ぼしたラスは、父の配下の魔性や紅蓮姫奪還チームに追われ、護り手の闇主とともに逃亡していた。しかし父によって仮死状態にされ、永い眠りにつく。その後紅蓮姫の第二の使い手として、奪還チームの一人であるアーゼンターラが選ばれる。そんななか第六の妖主（雛《ひな》の君）が誕生し、世界を破滅へ導こうとしていた。母チェリクによってラスの意識は永い眠りから目覚め、肉体へ戻る。ラスは雛の君に対峙《たいじ》するが、そこに現れたのは実父・金の妖主だった。迷いを捨てたラスは父の心臓へ遂に紅蓮姫を突き立てる。その姿を父は認め、かくして「五要の闇」すべてをラスが従えることに。雛の君は世界の破滅を宣言し、人々は恐怖の中で生き抜く道を模索する。ラスは覚悟を決め雛の君と死闘を繰り広げるが、敵は優勢はおろか劣勢の時でさえ劇的な進化を続け、強大な力をもって立ちはだかるのだった。

## 妖主《ようしゅ》たち

**金**
### 王蜜《おうみつ》の妖主
ラスの父。妻を亡くして姿を消すも再び現れ…。

**赤**
### 柘榴《ざくろ》の妖主
クセ者ぞろいの妖主たちの中でもかなりの強者。

**緑**
### 翡翠《ひすい》の妖主
夢に通じる力を持つ。ラスによって滅ぼされる。

**白**

### 白焔《はくえん》の妖主（白煉《びゃくれん》）
熱に通じる力を持つ。一時期人間だった。

夫婦？

**紫**

### 紫紺《しこん》の妖主（藍絲《らんし》）
糸に通じる力を持つ。白煉に執着している。

### 第六の妖主（雛《ひな》の君）
緑の妖主の死により現れた新しい妖主なのだが…。

息子

### ラエスリール（ラス）
破妖刀「紅蓮姫《ぐれんき》」の使い手。半人半妖で魅了眼《みりょうがん》を持つ。不器用な性格。

懐いている

### 邪羅《じゃら》（ザハト）
妖主夫婦の息子《サラブレット》で、ラスを姉のように慕《した》う。

## 紅蓮姫《ぐれんき》奪還チーム

### アーゼンターラ（ターラ）
かつての「紅蓮姫《ぐれんき》」の使い手だが、悩みも深い。

### リメラトーン（トーン）
妖貴の大火で生き別れになっていたターラの弟。

姉弟

### オルグァン
破妖剣士。「氷結《ひょうけつ》漸《ざん》」と呼ばれる破妖の斧を使う。

### スラヴィエーラ
破妖刀「夢晶結《むしょうけつ》」を操る、破妖剣士の少女。

### マイダード
捕縛師《ほばくし》。自らの刺青《いれずみ》に魔性の命を封じ込める。

# 破妖の剣 人物相関図

親友
チェリク
浮城の元城長で、伝説的魅縛師《みばくし》だが妖主と結婚。
夫婦
マンスラム
浮城の前城長。ラスを養女として育てた。
息子
濫花《らんか》(リー)
ラスが拾った半人半妖の少年。乱華に酷似。
乱華《らんか》(リーダイル)
ラスの弟。魔性として生きる超弩級のシスコン。
懐いている
アーヴィヌス
現在の城長。かつては捕縛師《ほばくし》として活躍した。
セスラン
捕縛師《ほばくし》。人あたりはいいが、実は食わせ者!?
護り手
闇主《あんしゅ》(千禍《せんか》)
ラスの護り手。壮絶な美しさと極悪非道な性格は魔性のなかでも群を抜く。
サティン
面倒見のよい捕縛師《ほばくし》。ラスの姉のような存在。
彩糸《さいし》
リーヴシェランを溺愛する美しく聡明な護り手。
護り手
リーヴシェラン
琴の音を用いる魅縛師《みばくし》で、気の強い美少女。
しかんし?
浮城におけるラスの理解者たち

イラスト／小島　榊

# 第六十五章　穢禍《あいか》

# 1

どうすればいいのか。

緋陵姫《ひりようき》は悩んでいた。

目前にあるのは異質にして異形のモノ。

周囲を見る間に腐食《ふしよく》させ、我が身を巨大化させる認知しがたいこの世界の外からもたらされた脅威《きようい》。

それは間違いない。

空の亀裂《きれつ》から落ちてきたたった一滴の『闇《やみ》』に見えるものが、この現実を引き起こしている——そう確信できる。

できるのは、母たる人が贈ってくれたこの肉体ゆえだ。

稀代《きたい》の魅了眼《みりょうがん》保持者であったチェリク——彼女は人間でありながら、妖主《ようしゅ》と渡り合えるほどの実力者だった。

それと同時に、眷属《けんぞく》たる人間からさえ疑惑を以《もっ》て見られるほど異端の存在でもあった。

人間として過ぎたる力、魔性《ましょう》を引き寄せる魅惑の力、現に魔性に命を捧《ささ》げられるほどの愛された存在——彼女が人間として生存を許されたのは奇跡に等しいと緋陵姫は思っている。

だが、それこそが人間の不思議さだとも、今の緋陵姫は思っている。

異端、異質を嫌いはじく傾向がある一方で、人間の中には異端、異質を受け入れようとする意識も生じるものなのだ。

それは少数派にすぎないかもしれないが、確かにそれは存在するのだ。

そんな存在が、彼女の存在を肯定《こうてい》する。

その結果が今『現在』である。

チェリク自身はこの世を去った。

けれど彼女が生きた証《あかし》はこの世界に三つ存在している。

彼女が産み落としたふたつの命に加え、彼女が意図《いと》しなかった命までも、彼女は受け入れ認めたのだ。

混沌《こんとん》に満ちた彼女の魂《たましい》は、恐らくその命を委《ゆだ》ねられた自分たちにも完全に理解できるものではないだろう。

だが、と緋陵姫は思うのだ。

それでも。

そうだとしても、だ。

コレは違う、と。

今目前で繰り広げられているおぞましい光景――。

アメーバ状のぶよぶよとした物体が、ただひたすらに世界を侵食《しんしょく》しながら肥大《ひだい》していく――そんなことは、あり得ない、と。

「許せるはずがないだろう!」

叫んで、緋陵姫は力を放つ。

世界を蝕《むしば》む恐ろしき力に向かって――。

※

おぞましい。

そう感じる心に理屈は必要ない。

本能が、全感覚が訴《うった》えてくるのだ――目前に存在する対象が。

おぞましきモノだと。

これはこの世界にあってはならないモノなのだと。

あるいはそれは恐怖に基《もと》づく嫌悪、もしくは恐怖感に根を発するものなのかもしれない。

全身が総毛立つほどの恐ろしさ――あるいは拒絶感を、緋陵姫は目前のソレに感じた。

なぜなら、ソレは何も新たに生み出す力も意志も持たぬモノにすぎないからである。

ソレは、地上のあらゆるものを蝕む意欲を持っている。

ソレは、地上のあらゆるモノを呑《の》み込む意志をたたえている。

ソレは、世界そのものを支配するだけの力を備えている。

それだけの意欲、意志、力を抱え込みながら――。

ソレは、虚《うつ》ろなのだ！

その先にあるのは――。

何も見えない。何もない。

ただただ空虚《くうきょ》で命すら見えない……新たな営みのひとつも見いだせぬ空虚な世界のみなのである！

緋陵姫は、それを感じた。

全身全霊で、ソレを目にした瞬間、その未来を目《ま》の当たりにした。

ソレは圧倒的力を以て世界を覆《おお》い尽くす……尽くしかねない勢力だと感じた。

それだけの力を、目前の塊《かたまり》は持っているのだ、と。

直感し、確信した。
だからこそ、決意したのだ。
この存在は滅ぼさねばならない、と。
何があっても、何があろうとも、絶対に滅ぼさねばならない存在なのだ、と！
死したことがある。『冥《めい》の海《うみ》』の波動を受けたこともある。
生の空気も死のそれも、緋陵姫は感じたことがある。
だからこそ——世界の理《ことわり》から外れた経験を積んだ彼女だからこそ。
確信したのだ。
コレは世界に放ってはならないものなのだ、と。
正確なあれこれはわからない。それでも緋陵姫は感じたのだ。
これは、世界を絶望の果てに終わらせるものなのだ、と——！

※

滅《めっ》す。

絶対に、滅す。

そうしなければならない。

確信のもとに、緋陵姫は自《みずか》らの力を放った。

大地を木々をあらゆるものを瞬《またた》く間に腐食させていくアメーバ状の塊に向けて。

この……これの存在を許してはいけない。これは世界を侵食し腐食させるだけのものだ。女皇《じょおう》とラエスリールの戦いの結果がどうあれ、コレが存在する限り、世界は彼女たちの選択とは違う道を歩むに違いないのだと、彼女には確信できた。

だからこそ、緋陵姫は必死にソレを殲滅《せんめつ》しようとした。

しなければならないと思った。

自分の死期を悟る緋陵姫だからこそ、その思いは絶対だった。

自分の魂の半身であるラエスリール。

『冥の海』に落ちた自分を拾い上げてくれた女皇。

最初は、それでもラエスリールのために働いた。女皇となる以前の少女の幼さを利用して、ラエスリールに利するために様々な行動を取った。

その際に罪悪感など覚えたことはなかった。

無垢《むく》で無知な少女を手玉にとることに、何の躊躇《ためら》いを覚える必要があるというのか。

目的のために手段を選べる状況になかったこともあり、緋陵姫は『雛《ひな》の君《きみ》』を利用することになんの呵責《かしやく》も抱いてはいなかった。

少なくとも、自分ではそう、思っていた。

自分と乱華《らんか》にとって、大切なことはラエスリールの無事であり、彼女の身を危険に晒《さら》さないためであれば、彼女自身の意志さえ重要ではなかったのだ。

ラエスリールを危険から遠ざけること。

ラエスリールを危険に近づかせないこと。

それだけに腐心《ふしん》して……執心して。

結果、どれほど彼女の歩みを妨《さまた》げてしまったことか。

そして、それは自分たちが軽視した女皇に対しても、同じだけの妨げとなってしまったのである。

自分たちは誤解していたのだ。

両者の戦いを制御できるものだ、と。

傲慢《ごうまん》にもそう信じ込み、そのための準備に腐心した。

だが、結果は自分たちの想定からはかけ離れたものだった。

まったく、違うモノであったのだ。

それを、思い知らされたのは、自分たちにとって無視しがたい——大切で大切で大切すぎてそうなる寸前まで気づけなかった存在の喪失だった。

それは両親という存在だ。

それまで希薄にしか感じられなかった存在が一気に存在感を増した出来事だった。

希薄だったのには理由がある。

愛されていなかった——あるいはそうと確信できなかった。

だからこそ、自分たちはそれを理由にできていたのかもしれない。

父にも母にも愛されなかった。

その可能性を理由に、自分たちはどれだけのことを勝手に為《な》したことか……。

思い当たることはあまりにも多く、そうだと信じ込むことで、自分たちは自らを守ってきたのではないのか。

母の死と、父の死――。

その事実をどう受け入れるべきなのか――。

考え直すべきなのか、それともこれは新たな罠《わな》にすぎないのか――？

けれど――。

乱華が生前の父母に対して鬱屈《うっくつ》を覚えていたのは確かな事実だ。

誇《ほこ》り高い弟は、決して認めようとはしなかったけれど、それでもいつも、彼は気にしていた――無力なはずである姉に比べ、自分は両親にとってどんな存在であるのか、と。

魔性の論理に照らし合わせれば、彼は勝者でしかなかった。

姉は出来損《できそこ》ないであり、自分は違う。

だからこそ、彼はある意味姉であるラエスリールを庇護《ひご》することで優越感を抱くことができたのだ。

なぜ、そんな必要があったのか。

誰が見たところで、ラエスリールと乱華では、優越者が誰かという論議に意味はなかった。

王蜜《おうみつ》の妖主の後継者——それは乱華以外にいなかった。

彼もそのことに疑問は抱いていなかっただろう。

無力な姉——自分とは並び立つ資格もない存在だ、と。

しかし、そう切り捨てるには、乱華はラエスリールからの影響を受けすぎていたのだ。

ラエスリールには、優しさがあった。自身よりずっと優れた存在である弟の、ほんの少しの違和感だけで、彼を気遣《きづか》う優しさが。

父の求める水準に至れぬ歯がゆさを彼が感じる時、その心がからからに渇いてしまったその時に、まるで知っていたかのように彼女は労《いたわ》りの水を彼に与えたのだ。

「大丈夫？」

「無理していない？」

無力であるがゆえに、彼女は繊細《せんさい》だった。

その繊細な気遣いに乱華は癒《いや》され、同時に囚《とら》われたのだ。

それは、当時に緋陵姫がもし存在していたとしても与えることのできぬ安堵《あんど》感であったろう。

力を持つ者は、同時に幾ばくかの傲慢さを捨て去れない。

傲慢さを持つ者のどんな慰《なぐさ》めも、当時の乱華を癒すことはできなかっただろう。

つまるところ……当時、完全に無力であったラエスリールという存在は、乱華にとって絶対必要な存在であったのだ！

乱華が乱華という意識を築き上げるために。

だが、同時にラエスリールは乱華のためだけの存在でもなかった。

その事実が、乱華の緋陵姫への傾倒《けいとう》を約束したのかもしれない。乱華は自分だけのための、自分だけに優しい存在が欲しかっただけなのかもしれない。

絶対の味方。

何があろうと絶対に自分に与《くみ》してくれる相手。

彼はもしかしたら、それを飢《う》えるほどに求めていたのかもしれない。恵まれた環境と周囲の評価など関係なく、ただただ彼はそれに飢えていたのかもしれない。

未熟であろうと彼を彼だと認めた存在はラエスリールだけだった。

同時に、いかに高みを目指そうと、至高である父は認めてくれなかった……その認識は違うのだと緋陵姫は思う。まだまだ未熟さが目立つ息子に王蜜の妖主は厳しめの点を与えただけなのだろう、と。

だがその基準は当時の乱華には厳しすぎるものだったのだ。

少なくとも、視線を同じく有することすら敵《かな》わなかった乱華にあっては。

それは、父である王蜜の妖主の偉大さを知らしめられることでしかなく、『王蜜の若君』と称される彼は常に父への賞賛にさらされていた。

そのことを誇らしいと、当時の乱華が思っていなかったとは思わない。

誇りある存在の息子として存在すること。

そのことに意義を見いだしていなかったわけではない。

だが、同時に彼には別の思いがあった——のだろうとは、緋陵姫の勝手な思いではあるのだけれど。

今、世界は混沌の中で、変革が生じている。

その中でどう生きるべきか、どうこの現象に相対するべきか——世界が……もしかしたら見守っているかもしれない。

緋陵姫は、そう感じていた……。

※

「な、何なんだよ、これ！」

突然耳に飛び込んできた少年の声に、緋陵姫は知らず息を呑んだ。

人間の気配などなかったはずだ——感じた気配は、少し離れた場所で上がった少女の悲鳴とその気配のみ。

だからこそ、乱華をそちらへ向かわせた。

この近辺には、人間の気配などなかったはずだ——そのはずなのに、なぜか少年がここにいる。

声のしたほうを振り向いた緋陵姫の視界にはっきりと。

歳《とし》の頃は十をひとつかふたつ越したぐらいだろうか。

浅黒い肌にきりりとした太い眉《まゆ》を持つ漆黒《しっこく》の眼をした少年が、呆然《ぼうぜん》と立ちすくんでいる。

潜《ひそ》んでいたのか？

否《いな》、と緋陵姫は断じる。そんなはずはない。そんなことが起ころうはずがない。過去を含めて思索《しさく》に耽《ふけ》った間に、自分に隙《すき》が生じたのだ。

思索に没頭《ぼっとう》するあまりに、接近する少年の存在に気づけなかった。

これは間違いなく自分のミスだ。

目前に得体の知れぬ怪物を抱えたまま、周囲への警戒を怠《おこた》った自分自身の過失でしかない。

だが、なぜ、今この時に。

そんな苛立《いらだ》ちは抑《おさ》えきれない。

「子供！　何をしに来た！」

叩《たた》きつけるように、苛立ちのまま怒りをぶつける。

なぜ、よりにもよってこんなタイミングで、こんな子供がこの場面に飛び込んでくるのか。

腹立たしいやら口惜《くちお》しいやら、緋陵姫の思いは複雑だ。

だが、そんな思いまで相手に理解しろというほうが無理であろう。

人間の子供は、目の前で繰り広げられている……彼の世界ではあり得ぬはずの光景に呆然とし、途切れ途切れに答えを返してくる。

「おれ、おれ……夕方には出発するから諦《あきら》めろって言われたけど……でもサクはいつだっておれと一緒にいたんだし、大体夕方をちょっと過ぎるぐらいまではこの山で遊んでるし、おれが呼んだらすぐに戻ってくるから……だから……サクを呼びに……サクを……」

具体性のない少年の答えに、それでも緋陵姫は感じ取るところはあった。

少年が「サク」と呼ぶ存在が何であるのかはわからない。犬か猫か、あるいは可《か》愛《わい》がっている家畜《かちく》であるのか。

その「サク」とやらはこの山で遊ぶことが多かったのだろう。

それを知るからこそ、少年はここまで捜しに来たのだろう。

「なんなんだよ、これっ？」

少年の目は膨れあがる、ぶよぶよした物体に釘付《くぎづ》けにされている。

無理もない。

ここは恐らく、少年にとってはよくよく見知った土地なのだ。草木の一本に至るまで、見知った場所であったに違いないのだ。

少なくとも先ほどまでは。

それが、変質してしまった。

少年の記憶と認識にある世界は豹変《ひょうへん》してしまったのだ！

まるで、何もかもが違う世界に。

その困惑はいかばかりであろうか——同情する程度には緋陵姫も共感する。

できる。
この山野の劇的な変化を、彼女は正しく目の当たりにしたのだ。
だが、その結果。
この場に噴《ふ》き出したおぞましい何かと、そこに飛び込んできた無力な少年。
それを秤《はかり》に掛けた場合、結論は残酷《ざんこく》だ。
邪魔《じゃま》だ。
緋陵姫には、そうとしか思えなかった。
この少年は邪魔だ、としか――。
だから叫んだ。
出て行け――と。
邪魔だ、足手まといにしかならない。
お前など邪魔でしかない。だから出て行けと――。
そう思い、叫んだはずの声は、なぜか違う言《こと》の葉《は》を紡《つむ》いでいた。
「馬鹿《ばか》、逃げろ！」

思考を裏切り、言の葉はまるで少年の安否《あんぴ》を気にしているかのようなものが飛び出してくる——その現実に、一番驚かされたのは他ならぬ緋陵姫自身だった。

緋陵姫は人間など何とも思っていない。

翡翠《ひすい》の妖主の力添えあって、形を得たその時、その瞬間から、彼女が優先すべきは半身たるラエスリールの安泰《あんたい》と「弟」乱華の望みだけだった。

その時から様々な経験を積んだ。

死までを含み、実に様々な——。

父の言葉に感じるものはあった。母の思いに多々感じることも。

だからこそ、その言葉に従い弟である乱華とともにラエスリールのために——彼女が望む世界の構築のために、我が身を尽くそう——そう思っていた。

同時に、女皇の望みにも添いたい——とも思っていた。

半身と恩人。

対立する両者の望みの間に位置する緋陵姫にとって、どちらにも立ち入れない——立ち入らないその足場は、絶対的なものであったのだ。

そこから逸脱《いつだつ》することは許されない。

自分には、そこ以外に存在できる場所はない。

だって……ラエスリールがいなければ、自分は誕生することさえなかったのだ。

女皇がいなければ、今の自分が存在することさえできなかったのだ。

対立する両者の狭間《はざま》で揺れ動く小舟のようなか細くか弱い——それでも、確かに存在している自分自身。

乱華という存在がなければ、きっと自分という存在を保つことさえできなかったに違いない……元々の『命』としては用意されていなかった存在。

魔性は複数の命を持つ。

その命数ゆえに、魔性は無限に近い力をも持つ。

ひとつの命を失っても、代わりになる命を持つから強大なる魔性は揺るがない。

それは本当に真実なのだろうか？

無限に近い力を有するから、その力がゆえに魔性は強いのか？

そうだと信じられてきたことは知っている。

妖主たちの絶対にも近い力を思えばそうとしか思えない。

だが、果たして本当にそうなのか？

緋陵姫は騒乱と困惑の渦《うず》の中に放り出された――。

まさに嵐《あらし》の中の小舟なのだと……同時に。

自身が舵《かじ》取りしなければどうにもならぬ――遭難するしかない状況にあると。

思い知らされた。

そのことを、緋陵姫自身が悟った。

それは革命にも近い、世界全体が覆《くつがえ》るような衝撃だったのだ――！

※

「何なんだ、これ？」

呆然と少年が呟《つぶや》く。

緋陵姫の思いや焦《あせ》りなどお構いなしに、無力で邪魔にしかならない少年が。

「何なんだよ、これ！」

と声高《こわだか》に叫ぶ。

邪魔でしかない。足手まといでしかない。

一刻も早く立ち去ってほしいと願う緋陵姫の思いなど完全に無視して、少年はこの緊迫した状況に勝手に入り込んできたのだ！

緋陵姫の苛立ちは正当なものだった。

得体の知れぬ恐ろしい脅威に対峙《たいじ》するこの状況下で、足手まといの存在が嬉《うれ》しいはずがない。そんなモノの参入を認められるはずもない。

意識はだから、拒絶のみだ。

要らない、要らない、要らない。

なぜ、こんなモノが入り込んできたのだと、怒りさえ覚える。

だのに、その少年は緋陵姫の断固たる拒絶の意志を受けても、なおそこにあり続けるのだ！

鈍感にも程がある。

もしも魔性の一員なら、これほどの緋陵姫の拒否感に無反応ではあり得ない。強烈《きょうれつ》すぎる緋陵姫の意識に触れた瞬間にでも、魔性であればこの場から退《しりぞ》く。そうせねば命の危険にさらされると魔に関わる者たちであれば、即座に判断し、彼女から距離を取る。

そうしなければ、自身への被害が倍増するとわかっているからだ。

時に小賢《こざか》しいと忌《い》まわしく思うこともあるが、彼らの計算高さを緋陵姫は決して悪いモノだとは思っていない。

我が身を守るために、危《あや》うきに近寄らぬ利口さは、彼女にとっても便利なものであったのだ。

人間の場合は、もっと単純だ。

我が身を守るためには、他者を犠牲にすることを厭《いと》わない。

それが弱者である人間に許された唯一の生き延びる方法なのだ。

緋陵姫はずっと、それが唯一の真実なのだと思っていた。彼女が彼女として生まれて以来、そうした現実しか目にしたことがなかったのだから、それは当然のことだった。

自らが助かるためには同胞《どうほう》など平気で切り捨てる見下げ果てた種族。

その認識は長らく緋陵姫を支配した。

だからこそ、彼女はラエスリールをそんな身勝手な種族の枠組みの中から解放しなければならないと思ったのだ。

人間などという歪《ゆが》んだ枠組みの中に、知らず組み込まれてしまった半身を、自分と乱華こそが救い出さねば、と。

信じて、動いた。

そのためになら、人間からすれば非道な行為も迷うことなく行った。

虐殺《ぎゃくさつ》も、非道も。

そんなものは人間側が勝手に感じるものにすぎず、彼らの禁忌《きんき》には何ら触れるものではなかったのだから仕方ない。

人間がどう受け止めようと、そんなことは関係なかった。

緋陵姫にとって、そんなことはどうでもよいことだったのだ。

だが、そうも言えなくなったのは、彼女と弟にとって、決して無視できぬラエスリールの対応が、そうではなかったからである。

自分たちにとっては取るに足らない人間たちの振る舞いが、ラエスリールにとっては命の存亡に関わるほど大きな意味を持っていた。

周囲の人間たちの態度のひとつひとつに、彼女は生きるか死ぬかの決定権を委ねられていた――たかが人間風情《ふぜい》が、自分たちが何よりかけがえなく感じる存在にそれほどの脅威を与えていたのだと、どれほど怒りを覚えたことか。

だが、それは違う。

違ったのだ。

恐らく、ラエスリール自身にその自覚はなかっただろう。

彼女の傍《かたわ》らにあった存在も、多分一切介入しなかったのだろうと思う――深紅《しんく》の魔王はその持ち前の気まぐれさで、彼女に好きに選ばせた。

自身を過酷《かこく》に扱う周囲をラエスリールがどう判断するのか。

きっとあの男は、彼女の選択がどうであれ、支持したに違いない。自身が面白ければそれで良しとする男だ。

ラエスリールが仮にそれまでの周囲の偏見に反感を抱き、人間社会に対して反旗《はんき》を翻《ひるがえ》したとしても、あの男なら同調し、さらに彼女をあおり立てるような言動を取ったに違いない。

あの男はそういう意味で、本当に面白がり屋だからだ。

世界の要石《かなめいし》の一でありながら、あの男には世界を守る意識がない。保つ意志がない。彼にとって重要なのは、それが面白いか面白くないか、だ。

そんな男がよりにもよって、ラエスリールに捕まった。

絶対的な力を有しながら、絶対的無力感を幼少時の記憶から心に刻み込まれ、そこから解放されない彼女に！

大した皮肉だ、と緋陵姫は思う。

この世界で二番目に誕生を許された、自身ですらそのあり方を決めることのできぬ力の主をがんじがらめに縛りつけ、そうと知らぬまま迷走までさせた存在は、未《いま》だに自分の立ち位置を決めかねている。

人間側に立つのか、魔性側に立つのか。

決めぬままに、今も決死の戦いの場に立っている。

ラエスリールは果たして、人間として世界を救いたいと思っているのか——それとも魔性としてこの世界に人間の存続を認めたいと思っているのか。

こんな風《ふう》に惑《まど》うことになるのなら、彼女を夢の檻《おり》に封じたあの頃、聞いておくべきだったかもしれない……。

今更のことだったが、思わずにはいられない。

当時の緋陵姫に、今のこの思考はなかった。当然、当時の自分が彼女にそんなことを質《ただ》すつもりさえ生じなかった。

時の流れとともに積み重なった様々な経験こそが、この疑問を生み出したのだ。

そして、胸に抱いた疑問の答えを見いだそうとする心の動き——それこそが。

生きる——あるいは「進む」ということなのかもしれない。

理論立てて考えたわけでは決してなかった。

そんなことを許してくれるほど世界は親切にはできていない。

緋陵姫はただ、突然現れた人間の少年を邪魔だと思っただけだった。

空に開いた虚空《こくう》の穴からこぼれ落ちた闇の滴《しずく》の対処に困っている最中に、飛び込んできた少年を、ただ邪魔だと。

その感覚が本来守るべき半身を連想させ、過去のあれこれを思い出しただけのこと——そのはずだった。

それだけのことだった——その、はずだったというのに。

少年の呟きが、彼女を新たな答えに導いたのだ。

「なんだよ、なんだよ、これ！　こんなの、雷《かみなり》に打たれちまえばいいのに！　こんな禍々《まがまが》しいもん、神さまの怒りを受けて滅んでしまえばいいいんだ！」

少年の叫びに、緋陵姫ははっとするものを感じた。

この目前のおぞましい存在に対して、彼女は持てる限りの力をすでに放っていた。

雷撃《らいげき》もすでに行使済みだったのだ。

だから、少年の台詞《せりふ》も無意味なはずだった。

雷撃は、意味をなさない。

緋陵姫はそれを知っている。

だが……無視しがたい現実が、この場に生じつつあった。

少年が『雷に打たれればいいのに』と叫んだ途端、それまで緋陵姫の攻撃などどこ吹く風で受け流しているように感じられたアメーバ状の生き物が、びくり、と身を震わせたのだ。

緋陵姫としては、すでに持てる力はすべて叩きつけ——そうして、壊滅《かいめつ》を諦めるしかないという状況においてのことだ。

どういうことだ？

緋陵姫は必死に考える。

そうすることしか、彼女にできることはなく……そうして、その果てにしか答えはなかったのである。

# 2

「おい、子供！」

乱暴な呼びつけだった。

緋陵姫《ひりようき》にとって、この突然現れた子供は邪魔《じやま》な存在にすぎず、だからこそ個体としての「名前」を認識する必要を覚えないモノでしかなかった。

無力でしかない、足手まとい。

それでいて、ラエスリールのことを思い出すと、むざむざ見捨てるわけにもいかないであろう……まさにお荷物。

逃げろと告げたのに、満足に逃げることもできない無能な子供。

守るのが難しい状況にある中、それでも見捨てることを躊躇《ためら》わせる厄介《やつかい》なモノ

──ラエスリールという鎖《くさり》さえなければ、即座に見捨てて終《しま》いにできるはずの存在だが、最優先順位にある「ラエスリール」と彼女が価値を置く生き物ゆえに、それを見捨てることは許されない。

緋陵姫自身にとって、それがどれほど小さく意味のないものであったとしても、ラエスリールがどう感じ受け止めるかで、扱いは大きく変わってしまうのだ。

乱華《らんか》や緋陵姫にとって、この子供は何の意味も価値も持たぬ無力な子供だ。

だから、関わる必要性さえないと断じる。

なのに、心のどこかがそれを許さないのだ。

今、この状況にあって、この子供の存在を無意味だと断じることを、緋陵姫の奥底の何かが全力で拒絶する。

なぜか。

緋陵姫は自問する。

今、まさに世界を呑《の》み込もうとする理解不能な生き物が目の前にある。

緋陵姫のあらゆる力を放っても、その動きを阻止《そし》することのできない謎の生き物が。

これは、世界を駆逐《くちく》するモノだ。

いや、世界そのものを喰《く》らい尽くすモノだ。

触れたが最後、自分自身ですら、恐らくは呑み込まれてしまう。

あらゆる攻撃は効果がなく、相手はただ膨れあがっていく。

放っておけば、世界は間もなく消滅してしまうだろう……ラエスリールと女皇《じょおう》の対決の結果を待たずして、コレが世界を覆《おお》い尽くしてしまう。

それは、駄目《だめ》だと緋陵姫は思うのだ。

それだけは、絶対に駄目だ、と。

なのに、それを阻《はば》むことができない。

目前に起こる現象を止めることさえできない……木々が大地が世界が、今まさに腐食《ふしょく》されていくこの現実をどうにもできない！

それが歯がゆい。

口惜《くちお》しい。

悔しくて、悔しくてならない。

叶《かな》うことなら、この腐食の化身《けしん》に自身の全精力を傾けて滅びに導きたいぐらいだ。

だが、それはできない。

現れた少年が、それを邪魔する。

緋陵姫が全力を注《そそ》いでこの腐食の化身に攻撃しようとすれば、どうしてもこの少年が邪魔になるのだ。

この「腐敗《ふはい》」としか感じられない塊《かたまり》を一掃するにあたり、緋陵姫は自分が放つ力の規模をほぼ把握《はあく》していた。

それは、人間にとっては大災害にも値《あたい》する規模の力だ。

ただの人間にすぎない少年が傍《かたわ》らにある今の状況で振るえば、この子供は間違いなく犠牲になるしかない。

以前の緋陵姫なら迷わなかったかもしれない。

自身の正義のみを信じていた頃の彼女ならば。

だが、今は……今となっては状況が違いすぎる！

ラエスリールを深く知ろうと思った。女皇を知ろうと思い、さらに深く交わろうと思った。

その中で学んだことは、世界は単純なモノではないということだ。

簡単に割り切れるものではないのだ……世界というものは。

何が正しいかもわからない状況に、勝手に置かれたという感はぬぐえない。

緋陵姫は初めて、いいわけなしのこの世界に向き合ったのだ。

ラエスリールの立ち位置も女皇の立ち位置も関係ない――まさに中立の場に！

それは、まさしくこの世界における一般的な存在の立ち位置そのものなのだ！

依《よ》る立場を持たず、流動する世界を感じ取りながら、常に立ち位置を選択する。

それは……緋陵姫がこれまで体験したことのない、この世界に存在する……これまで有象無象《うぞうむぞう》と彼女が断じてきたモノたちに投げ与えられてきた権利と同じモノだった。

特権が、取り払われる。

これまで、世界にあって魔性《ましょう》の力は圧倒的だった。

だが、女皇の出現は、その上に位置する存在があることを示した。さらに、そこにイレギュラーな女皇となる資格を持つ新たな存在――ラエスリールが現れた。

世界は――すべての魔性も含め、本来ならあり得ない『ふたりの女皇候補の戦い』の結末を見守るしかない状況にある。

無論、すべてが制御されているわけではない。

一方的な女皇の宣言のみを信じ、それに従うモノたちはいる。

これ幸いと人間を巻き込み禍《わざわい》を喜々として生み出すモノたちはいる。

だが、それればかりではない動きがあることも、確かなことなのだ。

女皇と対峙《たいじ》する存在があり、現在世界の頂点はまだ定まっていない――そのことを告知する勢力も、あるのだ。

その最たる存在はかつて翡翠《ひすい》の妖主《ようしゅ》の配下にあった妖貴《ようき》たちだ。

彼らは自《みずか》らの主《あるじ》を消失させたラエスリール個人への凄《すさ》まじい恨みゆえに、新たに出現した『女皇』を認めようとはしない。

そこまで極端ではないが、元々『主』を持たぬ少数の妖貴たちも女皇に従う意志は見せていない。

さらにいうなら、女皇に跪《ひざまず》いた妖主の配下においても、少数ながら彼女に従わぬ勢力は存在する――彼らにとって、女皇よりも慕《した》うべきは自らが選んだ主であるとの思いからではないかと思う。

紫紺《しこん》の妖主に付き従う者の多くは女皇に従った。

王蜜《おうみつ》の妖主のそれにしても同じことだ。

だが、全員ではない。

彼らの上層部の一部は、明らかに女皇に対して反旗《はんき》を翻《ひるがえ》すような行動に走っていると聞く。

無論、あからさまにではない。

そんなことは、できるはずがない。

だが、あからさまではなくとも女皇への不恭順を示す者が存在するのは確かなことなのだ。

女皇のことを思えば、それは緋陵姫にとって悩ましい事実だ。

同時に半身たるラエスリールのことを思えば、それは緋陵姫にとって明るい話題となる。彼らはラエスリールの味方とはならなくとも、女皇の味方とならない――それだけで、ある程度の力となる。

どちらに流れが向くかもしれない――それは、緋陵姫自身感じ取っていた。

最早、どちらの流れを望んでいるのかも、緋陵姫自身判断できずにいた。

その中で、彼女が唯一選べたのは、あえて彼女自身が避けていた女皇自身に対する情報の開示であり、世界そのものを集められた『情報』でしか知らない女皇に、生の世界を知らしめることだったのだが、これは女皇に拒否された。

自業自得だと思った。

機会はきっと、いくらでもあったのだ。

女皇となる前の雛《ひな》の君《きみ》の時代、彼女に世界を知らしめる機会なら、きっと――。

だが、緋陵姫と乱華はラエスリールの安寧《あんねい》を優先するがために、その機を失した。

女皇に申し出を断られた時、緋陵姫は自身でも想像できなかったほどの失望を覚えた。

断られるとは思っていなかったのだ。

懐いてくる無知な子供。

どこかで、女皇のことをそう侮《あなど》っていたのだ。

だから、いつまでも意のままに操れるに違いない。

そう、考えていたのだろう。

思い上がりも甚《はなは》だしい。

たとえ子供だとしても、相手は常に世界に向き合い、学び、育っていく、ものなのだと……なぜ、以前の自分たちは理解はともかく想像すらできなかったのか。

自分は……自分たちは傲慢《ごうまん》だった。

ラエスリールも女皇も制御できると信じていた。

だが、そんな事実はなかったのだ、この世界のどこを探しても！

完全に制御できる事象などない。

そうして、今の状況がある。

ふたりの女皇候補が戦っている。

そこには誰も立ち入れない。

だが——。

これは、違う、と緋陵姫は思うのだ。

何者も立ち入ることの許されぬ戦いの最中に。

放り込まれた異質な素材。

あらゆるものを腐食に導くおぞましい生き物——。

これは。

これだけは。

絶対に滅ぼさねばならない、と。

緋陵姫は思ったのだ。

※

ウィスラはこの山の麓《ふもと》に住む少年だった。

変わり者と呼ばれ、村から外れた場所に居を構えた祖父とふたり、細々と暮らしている。

村とのつきあいは皆無ではないが、「あの変わり者の孫」と言われるのが億劫《おっくう》で、あまり村に足を運ぼうとは思わない。

祖父のどこが『変わり者』なのか、ウィスラにはわからないからなおさらだ。

確かに頑固《がんこ》なところはあるが、ウィスラの目から見て、祖父はおかしな人ではないと思う……以前、祖父を悪く言った村人にそう反論したら、「やはり変わり者の孫は……」と哀《あわ》れむように言われてから、ますます足を向けなくなった。

当然、村の子供たちとも遊ばない。

大人たちの話している内容を、彼らもすぐに口にするからだ。

「変わり者の爺《じい》さんに育てられたから、やっぱりウィスラは変わり者だ」

「知ってるか、お前の父ちゃんたちの墓の周りに、何を考えたんだか桑《くわ》をいっぱい植えたんだってよ！　蚕《かいこ》を飼うわけでもないのに、なぜそんなことするのかってうちの母ちゃんが訊《き》いたら、雷《かみなり》が落ちないように、だって！」

「雷避けに桑を植えるなんて、何考えてるんだろうな！」

彼らはそうやって、当時のことをはやし立てるのだ。

ウィスラにとっては、それは不思議でも何でもないことだ。

祖父から聞いた話がある。

遠いどこかの国で、桑畑には雷が落ちなかったからなのだ、と。

雷は神が邪悪《じゃあく》な存在に振り下ろす刃《やいば》だが、時に人間が間違って打たれてしまうことがある。だから人間は、ここには落とさないでください、と祈りを込めて桑を植えるのだ、と。

祖父は、両親の墓に間違っても雷が落ちないように、願いを込めて桑を植えたのだ。

どこもおかしいことはないではないか。なのに、村の皆はそんな祖父のことを変わり者としか呼ばないのだ。

ウィスラの足はどんどん村から遠ざかった。

祖父とふたり暮らしの中、そんなウィスラにとって唯一友と呼べる存在は、生まれた時から世話をしてきた山羊《やぎ》のサクだった。

人なつこく、自分を慕ってくれるサクは、彼にとって弟のようなものだった。

弟の面倒を見るのは当たり前のことだ。

まだ幼さの残るサクは、時々迷子になるけれど、それを捜しだして家に連れ帰るのも『兄』の務めだと思っている。

見つけやすいように、赤い布を首に巻いてやったのは、ウィスラとしては特別の思いを込めてのことだった。

母の形見の襟巻《えりま》きを半分に切って巻いてやった。

「母さんの形見だけど、お前は特別だから、半分分けてやる」

サクは人間ではないけれど、自分の弟なのだから、大事なものもあげるのだ。

そして、迷子になったら自分が捜して連れ帰ってやるのだ。

だから、今日もウィスラはこの山に入ってきた。サクが迷子になる時は、決まってこの山だからだ。

草を夢中で食べているうちに、サクはいつも遠くへ行きすぎてしまう。あまり頭は良くないのだ。でも、馬鹿《ばか》でも大事な弟だから、自分がしっかりするしかないのだ。

なのに……これは、何なのか。

サクを見つけに来たのに、自分は何を目にしているのか。

見たこともない汚らしいモノがぞよぞよと蠢《うごめ》いている。その前には、見たことのないぐらい綺麗《きれい》な黒髪の女の人がいる。

なんなのだ、なんなのだ、なんなのだ、これは！

こんなモノがいていいはずがない……見ただけでわかる。これは良くないモノだ。

祖父の言う邪悪なモノだ。雷に打たれて滅ぶべきモノだ！

こんなモノがいる山に、迷い込んでしまったサクはどうなるのか。もし、コレがサクを見つけてしまったら……？

心臓が凍りつくような恐怖をウィスラが覚えた、まさにその瞬間のことだった。

耳に馴染《なじ》み深い、サクの鳴き声が——聞こえた。

「サク！」

どこだ？

どこにいる？

声のしたほうに必死に目をこらしてみれば、真っ白な首に真っ赤《まか》な布を巻いた山羊の姿が、ぶよぶよしたモノの向こう側に見えた。

得体の知れぬモノを前に、サクが怯《おび》えているのがわかる。ウィスラはじっとしていられなかった。

自分も怖い。怖いけれど。

「サク！」

自分はサクの『お兄ちゃん』なのだ！

「サク！」

ウィスラの足は、考えるより先に走り出していた——！

## 3

「馬鹿《ばか》、やめろ！」

背後から鋭い制止の声が聞こえたが、ウィスラは止まらなかった。

止まれるわけがない。このままではサクが死んでしまうかもしれないのだ。

斜面《しゃめん》に生えた木々を避けながら、ウィスラは必死にサクに駆け寄ろうとした。

だが、その動きは背後から伸びた腕によって封じられた――襟首《えりくび》を、摑《つか》まれたのだ。

「放せ！　放せよ！」

手足をばたつかせて叫ぶ彼に、怒ったような、不機嫌な声が掛けられる。

「放せるわけがないだろうが。死にたいのか？」

助けたのだと言わんばかりの声の響《ひび》きにかちんときた。

「あんたには関係ないだろ！　放せよ、おれはサクを守ってやらなきゃならないんだ！」

視線の先で、山羊《やぎ》は怯《おび》えて蹲《うずくま》っている。

否《いな》、怯えているだけではない――首以外の場所にも赤い色が見える。

後ろ足を怪《け》我《が》しているのだ！

「放せよ！　サク、怪我してる！　早く遠くに連れていってやらないと……」

そう言いかけた時、ウィスラは恐ろしいことに気づいた。

牛ほどの大きさの、あのぶよぶよしたモノが、ゆっくりとサクのほうへ移動し始めたのだ！

サクに気づいたのだろうか？　哀《あわ》れな鳴き声が、アレの興味を引いたのだろうか？　耳などあるようには見えないけれど……同時に目も鼻もあるようには見えないけれど！

「音に反応しているのか？　だが、わたしたちには反応していないようだが……」

それとも――と続けられる声をウィスラは聞いていなかった。

「頼むから放してくれよ！　あいつ、甘えっ子で臆病《おくびょう》で、おれがついててやらないと駄目《だめ》なんだよ！」

しかし、返ってきた答えは非情だった。

「馬鹿を言うな、山羊と心中するつもりか？　どうしてもやりたいのなら、わたしの見てないところでやれ」

身勝手この上ないことを、突き刺すような声音《こわね》で告げられ、ウィスラはぎり、と歯を食いしばった。

「大体、足を怪我している山羊をどうやって助け出すつもりだ。もたもたしてるうちに、あれに追いつかれて終《しま》いだぞ」

諦《あきら》めろ――言外に込められた意味をくみ取れないウィスラではない。

だが、到底認められることではないのだ。

雄《おす》だからという理由で、売りに出されようとしていたサクのことで、必死に祖父に頼み込んだのはウィスラだった。売らないでくれ、と――面倒は全部自分が見るから、と。餌代《えさ》もかからないように、自分が草地に連れていくから……だから、売らないで、と。

売られたらどうなるかぐらい、ウィスラでも知っていた。それが残酷《ざんこく》でもなんでもないことだって知っていた。

サクだけを助けようというのは、自分のわがままだということもわかっていた。

それでも――。

「弟なんだよ！」

あの日、祖父に叫んだのと同じ言葉をウィスラは口にした。

「あいつはおれの家族なんだ！　見捨てるなんてできるわけないだろう！」

血を吐くような思いで紡《つむ》がれた叫びが山中に響き渡る。

それでも、ウィスラの襟を摑んだ手は離れない。

「放せったら放せ！　逃げたければあんただけ逃げりゃいいだろ！　ちくしょう……サクに近づくな！　サクに触れるな！　ああ、サク、サク！　逃げろ……やめろ！　近づくなよ……大事な弟なんだ……お前なんか……お前なんか――」

ぶよぶよした物体が、その間にも山羊に近づいていく。

真っ白な首に巻かれた真っ赤《まっか》な布が、風に揺れる。

このままでは――！

「お前なんか、お前なんか……雷《かみなり》に打たれて滅んでしまえ！」

次の瞬間、空間を引き裂く光の柱が出現した。

ウィスラの望みに応《こた》えるように、曇天《どんてん》でもない空から、雷がソレに襲いかかったのである――！

※

これはどうしたことなのか――。
緋陵姫《ひりょうき》は少年の襟を摑んだままの体勢で、落雷のもたらした結果に驚倒《きょうとう》していた。
落雷自体に感慨はない――当たり前だ、それは緋陵姫が生み出したものだ。
頑固《がんこ》な少年の叫びに少しだけ心を動かされた結果、彼の望みを叶《かな》えてやっただけだ。

「弟なんだ！」

「家族を見捨てるなんてできない」

馬鹿な子供だとは思う。

山羊は山羊にすぎない——それを家族だなんだのと。

けれど、その純粋な思いは、確かに緋陵姫を動かしたのだ。きっとこれが「妹」でも結果は同じだっただろうが。

面倒なことだ、とは彼女の本音だった。

この子供を見殺しにしないためには、あの山羊まで助けなければならないらしいと、この時点で理解できたからである。

子供と山羊の両方を助ける——それ自体はさほど手間のかかることではない。問題は、それと同時に目前の物体への対処を考えなければならないということだ。

目を離すことはできない。今は周囲にあるものを取り込み、大きく育つばかりだが、それが永遠に続くとは限らないからだ。

いずれかの時点で、アレが成長を止めたとしたら――その後、アレがどう行動するのか。

殲滅《せんめつ》させる有効な手段が見つからない現時点では、絶対にアレから目を離すわけにはいかないのだ！

この分では乱華《らんか》も同じ状況に置かれているに違いなく、子供の保護を彼に任せるわけにはいかないだろう。

では、子供と山羊はいったん結界に封じるしかないか――意識を奪っておけば、勝手に飛び出す心配もないだろうし……。

などなどと、考えていた矢先の少年の叫びを、緋陵姫は無駄《むだ》と承知で現実のものとした。

ただし、雷撃《らいげき》が効果がないのは先ほど証明されている――要は、子供の意識を山羊から逸《そ》らすための一撃だったのだ。

子供が驚いている隙《すき》に、山羊とともに結界に放り込む……そのつもりだった緋陵姫は、先ほどとはまるで違う『結果』に目を瞠《みは》る。

牛ほどの大きさにまで育っていたあの物体が、その体積を減じていた。

雷撃の衝撃で飛散したわけではない――周囲に飛び散ったアメーバ状のアレと同じモノは見当たらない。

何より、物体の動きが先ほどまでとは大きく違っている。

緋陵姫のどんな攻撃を受けようと、うるさがるだけのように見えていたモノは、今明らかに苦しんでいる！

ぶよぶよした肉体が、苦しげに暴れている！

悶《もだ》え苦しんでいる！

そこまで見て取った緋陵姫は、苦しみながらソレが進む先にいる山羊の身柄をひとまず確保した。一度決めたことを守るのは、彼女の性格というものだ。

宙を滑らせるように、山羊の体を子供の隣に移動させると、子供が「すげえ」と呟《つぶや》いた。

そうして――彼は緋陵姫を心底仰天《ぎょうてん》させる言葉を口にしたのである。

「すげえ、すげえや！　こんな不思議な力を持ってるだなんて……おれ、わかったぞ！　姉ちゃん、浮城《ふじよう》の人なんだな！」

と――。

さすがの緋陵姫も、すぐに答えることはできなかった。

言葉というものは、時にそれだけで威力《いりよく》を発揮《はっき》するものなのかもしれない……。

※

人間……いや、緋陵姫は人間ではないが、あまりにも意表を突かれると、意識が一瞬現実から乖離《かいり》してしまうものかもしれない。

緋陵姫自身、何を言われたのか理解できず、それゆえに答えることができなかった。

浮城の住人を装ったことは確かにあるが、あの時は正確には「ラエスリール」を装ったわけで、広義の意味で浮城の住人と間違われる日が来ようとは、緋陵姫にも想像できなかった。

人間にあり得ぬ力を使ったら、普通魔性《ましょう》と思わないか？

この子供はこんな僻地《へきち》で育ったせいで、世の常識を知らないのだろうか――と、ウィスラに対してたいそう失礼なことを考えていた緋陵姫は、すぐにそうではないことに気づいた。

世界に生きる人間の大部分にとって、魔性とは妖鬼《ようき》、小鬼《しょうき》を意味するのだということを思い出したからだ。

魔性には、強大で不可思議な力があるが、同時に人間にはあり得ない外的特徴が備わっている――というのが、世間での認識なのだ。人間と見分けがつかない魔性の存在は、用心深く人々の目から隠されている――そうでなければ、人間は常に隣人に警戒し、怯える日々を送ることとなったろう。

為政者《いせいしゃ》や浮城の判断は正しい。

そう思い、緋陵姫は胸中でため息をついた。

「……まあな」

非常に不本意だったが、彼女はそう答えた。

ここで正直に自分が魔性だと名乗るのと、少年の誤解に乗じるのとでは、どちらが彼からの情報収集が容易《たやす》く進むか、考えるまでもなかったからだ。

先ほどは効果がなかった雷撃が、なぜ今度は効果を発揮したのか――違いはこの子供の有無にしかない。

ならば、鍵《かぎ》はこの子供にあるのだ、間違いなく。

さて、どう切り出そうか――。

思案する緋陵姫の心も知らず、子供が歓声を上げた。

「凄《すご》いや、姉ちゃん……あ、お姉ちゃん、のほうがいい？」

瞳《ひとみ》が不安げに揺れているのは、こちらの心証を気にしているからか……正直、「わたしはお前の姉ではない」と言おうかとも思ったが、気に障《さわ》ったわけでもなしと思い直し「どちらでも」と答えておいた。

円滑《えんかつ》な情報収集のためにも、少年を不安にさせたり動揺させるべきではなかろうという計算もあった。緋陵姫としては、今回の雷撃が成功した理由を、是《ぜ》が非《ひ》でも解明する必要があったのである。

「じゃあ、姉ちゃん！　もしかして、さっきの雷も姉ちゃんが呼んでくれたの？」

子供の問いかけに、今度は少し迷った。

浮城の住人だから雷を呼べると思われるのは、子供にとって誤った情報を植えつけることになるから――というわけではない。

ここで下手に頷《うなず》いた場合、子供は勝手に納得してこちらの求める情報を引き出せなくなるかもしれないからだ。

だから、彼女は「いや」と答えた。

「稀《まれ》に、晴天でも落雷が生じることがあると聞く……奇跡的に、それがアレに当たったのだろう」

その言葉に、子供は落胆《らくたん》した様子を見せなかった。

「……もしかしたら、神様が落としてくれたのかな？」

首を傾《かし》げながら呟く子供に、彼女は曖昧《あいまい》に「かもな」と応じた。

その間も、彼女の目はアレから離れない。一度は体積を減じたモノは、暴れ回りながら周囲の木々や大地を再び取り込み始めていた。急いで理由を見つけ出さなければ、すぐに元の大きさまで戻ってしまうだろう。

焦《あせ》る気持ちを抑《おさ》えて、緋陵姫は子供に問いかけた。

「なあ、子供。お前はなぜ、あの時雷に打たれてしまえばいいと叫んだんだ?」

そう、なぜ『雷』なのか——そこだけは絶対に聞いておく必要がある。

子供がそう口にした途端、雷撃は威力を得たのだ。無関係なはずがない。

すると子供は——襟を掴まれたままの無理な格好で、緋陵姫を振り返って文句をつけた。

「姉ちゃん、おれは子供って名前じゃない。ウィスフって名前がちゃんとあるんだ」

もっともな言い分に、緋陵姫は知らず苦笑した。

聡《さと》い子供だと思った。緋陵姫が自分のことを単なる子供扱いしているのではなく、世界中にごまんといる『子供』のひとりとしてそう呼んでいるのだと感じ取ったのだろう。

確かに失礼な話だ、と緋陵姫は反省した。いくら事実であるからといって、自分を「守護者」としか呼ばない相手がいれば、不愉快に思うに違いないのだから。

「悪かったな、ウィスラ」

素直に詫《わ》びた後《のち》、彼女は再度同じ問いを口にした。

「なぜ、雷だったのか教えてくれるか？」

この質問に、しかしウィスラは首を傾げた。

「どうしてって、なにが？」

意味がわからないとでも言いたげな様子に、緋陵姫は切り口を変えてみた。

「お前はあの時、雷に打たれて滅んでしまえばいい、と叫んだろう？　なぜ雷だったんだ？　例えば……氷に貫《つらぬ》かれてしまえばいいとか、炎に焼かれてしまえばいいとか、風に引き裂かれてしまえばいいとか、滅びを望むにも、色々な言い方があるだろうに……なぜ、雷だったのかと思ってな」

優しくかみ砕《くだ》いた甲斐《かい》あって、ウィスラは質問の意図《いと》を理解してくれたようだった。

「そんなの、雷は『神鳴《かみな》り』だからに決まってる」

神鳴り──とは、緋陵姫が初めて耳にする言葉だった。

どういう意味かと尋《たず》ねると、ウィスラは「爺《じい》ちゃんが教えてくれたんだけど……」と前置きして説明し始めた。

雷は一部の地域では──ウィスラの祖父の故郷がそうだったらしい──神鳴りと呼ばれているのだと。その意味は神の手による光と音と力だという。

悪《あ》しき者、罪深き者、穢《けが》れたる者に下される神の鉄槌《てっつい》なのだ、と。

「だから、雷に打たれて滅んでしまえばいいと思ったんだ。サクを狙《ねら》ってたからってだけじゃなくて……アレはとってもイヤな感じがしたから。見た目のせいで、おれが勝手にそう思っただけじゃないと思うんだけど……」

姉ちゃんはどう思う？

問い返されて、緋陵姫はなるほど、と思った。

彼の言葉に、謎の答えが見えたと思ったのだ。

「わたしもそう思う。アレは……穢禍《あいか》と呼ぶに相応《ふさわ》しい存在だ」

だからこそ、雷は穢禍に打撃を与えたのだ──ウィスラという人間の子供が、心からそう信じて放った言葉、あるいはその想いゆえに！

「ウィスラ！　礼を言うぞ！　終わったら、わたしが必ずお前とサクを家まで送り届けてやる。約束するから……だから」

真《ま》っ直《す》ぐに少年の瞳を覗《のぞ》き込んで、緋陵姫は頼みごとをした。

「もう少し、わたしにつきあってくれないか？」

と。

# 第六十六章　闇たちの乱舞

# 1

不思議だ、と感じる自分を女皇《じょおう》は新鮮な驚きとともに受け入れつつあることを自覚した。

一合《いちごう》——また一合。

ラエスリールと刃《やいば》を交わすたびに、自分の内側で喜びが膨れあがっていく。

何なのだろう、この感覚は。

何なのだろう、この喜びは。

その理由を、正体を知りたいばかりに、彼女はより集中して刃を振り下ろす！

ラエスリールが受ける。

先ほどの一合より力をこめた攻撃を、しかし相手はしっかりと受け止める。

そうして返してくる！

面白い。

面白い！

女皇の中で、喜びが溢《あふ》れてくる。

こうして互いの力をぶつけ合えることが純粋に楽しく嬉《うれ》しい。

相手に勝る攻撃を仕掛けられないことが悔しい。自分の攻撃を受け流されるのが心底悔しい……けれど。

それ以上に、刃をぶつけ合う瞬間の喜びが大きい。

今この時、この相手と対峙《たいじ》し、互いの全力をぶつけ合えるこの現実が何より楽しい。

そう思えるほどに、戦いの中で相手が変化した。

最初は怒りを覚えた。

なぜなら、明らかに他者の力を――本来許されぬ女皇候補同士の戦いに持ち込んできた……そうとしか感じられなかった。

それは不正だ。

間違った加勢を受けて、さも正当のような顔をして舞台に上がってきたと思えたラエスリールに覚えたのは、恥知らずの一言だ。

原初の闇《やみ》たちを味方につけ、勝手に女皇候補同士の戦いの場に引き入れた。

それは、明らかなルール違反だ。

恥を知らぬ行為だ。

そんなことを平然と断行するラエスリールを認めることも許すこともできないと、先ほどまでの女皇は確かに思っていたのだ。

けれど。

一合、また一合と——刃を交わす中で、わかってきたことがある。

ラエスリールという存在は、常に変化し続けることを常態にしているのだということだ。

彼女の変化はいつも目まぐるしい。

生まれ落ちた時点の彼女を知る者が、今の彼女を想像することなど決してできぬほどに！

彼女は常に変化し続けてきたのだ、女皇が反則だと叫びたくなるような変則的な外因の変化をも味方につけて！

生まれ落ちた時、彼女は魔性《ましよう》の魂《たましい》を半身半妖の肉体に植えつけられていた。

否《いな》、ふたつの命を宿していた時点で、その存在は魔性の側にあるべきものだった。

だが、稀有《けう》なる状況で生まれ落ちた彼女を、やはり稀有なる母親は「人間たれ」と方向づけをした。

魔性として複数の命を宿して生まれた魂に、人間として稀有な能力——魅了眼《みりようがん》を持つ母親は、『人間たれ』と教え諭《さと》したのだ。

魔性として生きることを教えられれば、ラエスリールが幼少期に挫《ざ》折《せつ》感をおぼえることはなかったかもしれない。

緋陵姫《ひりようき》のように、王蜜《おうみつ》の妖主《ようしゆ》の息女として、誇《ほこ》りを持って語られる存在となったかもしれない。

だが、そうなることを母であるチェリクに否定され、結果ラエスリールは力ある者からすれば負担ばかりを押しつけられる人生を歩んできたと言える。

女皇にはわからない。

なぜ、母たる存在が、彼女にそんな重荷を強《し》いたのか。

親というものは、常に子供にとって最善の道を選ぶものだというのが、女皇が聞いてきた常識だったからなおのことだ。

ラエスリールの母親であるということは、緋陵姫の母親でもあるということだ。

正確には違うことだったが、女皇はそう認識していた。

女皇にとって、チェリクの判断はラエスリールに負担のみを強いたものに思えるのだ。

過酷《かこく》すぎる生存競争のただ中に、無力なままの我が子を突き落とすかのような。

現に、ラエスリールはその負荷に耐えきれず、崩壊《ほうかい》しかけたはずだった。

幸い、その時は柘榴《ざくろ》の妖主が彼女を何とかなだめたのだと聞いた。

女皇が知る限り、ラエスリールは常に綱渡り状態にあった。

その中にあって、女皇が初めて彼女に興味を抱いたのは、そんな状態にあって、翡翠《ひすい》の妖主を消失させたことだった。

否、それこそが女皇が誕生するきっかけであったのだから、彼女に興味を惹《ひ》かれないという選択肢《せんたくし》はなかった。

今にして思えば、自分が生まれる原因となったラエスリールに、女皇は期待していたのだと思う。

世界の五要《ごよう》たる翡翠の妖主を倒した者——およそ世界中の誰も想像すらできなかったであろうことを成し遂げた者。

それは眩《まばゆ》い輝きに満ちた者に違いない。

誰をも一目で引きつける魅力に溢れた者に違いない。

そうでなければならないと、女皇はどこかで思っていたのだ。

ところが、実際に集めた情報で知ったラエスリールは、女皇が抱いていた印象から大きく外れた存在だった。

情に脆《もろ》く、的確な判断力にも恵まれていない、何事も行き当たりばったり——綱渡りの連続で、運良く生き抜いてきただけにしか思えない。

期待外れもいいところだ。

翡翠の妖主を倒したことさえ、稀《まれ》なる幸運の賜《たまもの》でしかない。

がっかりした。こんな者のおかげで、自分は生まれ落ちたのか、と——まるで自分自身の価値を引き下げられたようにさえ感じた。

失望は大きく、その反動で女皇——当時雛《ひな》の君《きみ》と呼ばれていた彼女はラエスリールへの関心を失った。あえてその存在から目を逸《そ》らしたのだ。

そして、ほぼ同じくして見つけた輝ける魂に執着した。

ラエスリールと同じ命を抱く——それでいて彼女以上に美しく気高い光を纏《まと》う者。

緋陵姫。

彼女こそ、女皇が期待したラエスリールの姿だった。女皇はラエスリールに緋陵姫のようであってほしかったのだ。当時は意識していなかったけれど、そうだったのだと、今にして思う……今、目前に立つラエスリールは、まさに女皇が期待したとおりの存在であり、実に緋陵姫に似ているのだから！

そう、無力で哀《あわ》れな存在にすぎなかったはずの、心も弱く、常に迷い惑《まど》い、時に逃げ出すことさえあった女性は、常に変化を遂げながら、今ここにいる。

あらゆるものを糧《かて》とし、時に受け入れ、時に拒《こば》み——自《みずか》らの判断で、自らを作り上げてきた輝ける存在として。

ラエスリールは、ラエスリール自身が作り上げた一個の作品だ。

そしてそれは、女皇自身にも……否、世界に生きるすべての生ける者について同じことが言えるのだ。

この世に生まれた者たちは、自分自身で自らを作り上げる。

愛されること、傷つけられること、欺《あざむ》かれること、陥《おとしい》れられること——環境は様々だが、その中で愛すること、傷を癒《いや》すこと、騙《だま》されぬこと、陥れられた他者を救うこと……あるいは真逆のことも、選ぶのは本人であり、その選択の積み重ねによって、彼らは自らを作り上げていくのだ。

ラエスリールはラエスリールを作り上げた。

女皇が期待した以上の好敵手を。

ああ、と女皇は思った。

目の前のラエスリールは、母親の最初の判断なくしては生まれなかったかもしれない存在なのだ、と。無様で脆く見えた彼女の生きてきた道筋は、今の彼女を作り上げるための必然のものだったのかもしれない、と。

だとしたら、自分は彼女の母親に感謝すべきだろう。最初に失望させられた彼女の姿にさえも——あれは羽化《うか》するために必要な段階だったのだろうから。

「……楽しいわね」

紅《べに》を刷《は》いたような真紅《しんく》の唇《くちびる》に笑みをたたえ、女皇は剣戟《けんげき》の合間に話しかけた。

「なんて、楽しいのかしら！」

それは女皇の偽《いつわ》らざる言葉だったが、相手の同意を得ることはできなかった。

原初の闇たちの加勢を受けても、ラエスリールは攻撃を受けることが多い状況だったから無理からぬことかもしれないが。

真紅の破妖刀《はようとう》で女皇の一撃をどうにか受け止めた女性は、苦虫を噛《か》みつぶしたような顔で、それでも生真面目《きまじめ》に答えた。

「わたしには楽しむ余裕などないが」

と。

それがいかにもラエスリールらしく思え、女皇は声を上げて笑い出した。

この戦いの中で、女皇自身も変化を遂げていることに、自覚のないまま――ふたりの女皇資格保持者は、今この時もさらなる進化を遂げ続けるのだ……。

※

ふたりの女皇資格保持者の戦いを目にしながら、違和感を覚える者がいた。

この女皇の居城に、現在存在を許されているのは四人。

当事者である資格保持者たちと、それぞれに与《くみ》した妖主ふたりだけだ。

正確には、片方の資格保持者の側についた原初の五闇《ごあん》の化身《けしん》があるから、人数とすれば九人となるが……この五人は個体を得ながら個体であることを自ら放棄したということで、実際に存在する個体数はやはり四ということになる。

当事者を除いて存在するのは、それぞれに与する五要たる者。

先に女皇たる資格を得た少女に与する白煉《びゃくれん》と、その後に資格を証明されたラエスリールにつく柘榴の妖主である。

傍観者であり見届け人であるふたりの妖主の内、両者の戦いに違和感を覚えたのは、白焔《はくえん》の妖主である女性だった。

おかしい。

それは、最初から感じたものでは決してなかった。

ラエスリールが王蜜の妖主の聖域から連れ帰った原初の闇たちを具現《ぐげん》化した瞬間、誰よりも驚倒《きょうとう》したことからも、それは確かなことだった。

それは彼女にとってあり得ないことだった。

そもそも皇《おう》とは創造主によって定められた抗《あらが》うことさえ許されぬ存在だ。それを承知で白煉が抗うことを選んだのは、ある意味自分を納得させるだけの力を見せろという意志の発露《はつろ》でしかなかった。

力ありてこそのこの世界で、その頂点に立つ自分たちのさらに上に立とうというのなら、それ相応の力を見せてみろ、と。

そうでなければ従う気にはなれないと……あれは一方的に押しつけられた『秩序』への反抗だった。

言い換えるなら、あの時彼女は創造主の意向に初めて反抗したのだ。

そして、負けた。

生まれて間もないはずの女皇となる資格を持つだけの少女との戦いで、白煉は敗北したのである。

力ある者にしか従わない。

白煉の当時持っていた規律が、彼女自身を女皇の側へと置いた。

それを悔やむ気はない。

あの頃でさえ、雛の状態であった頃でさえ、少女は自分に勝る力を、自分に対して見せつけたのだ。あれほどの力の差を目にして、従わぬ道などあり得なかった。

従うに足る力に満ちた頂点を得たのだと、白煉は今でも思っている。

そして、その頂点たる少女は、今も進化を続けている。

ラエスリールという好敵手を得て、手強《てごわ》い戦いに直面して、さらなる進化を遂げている。

実に、実に楽しそうに——その思いは白煉にも理解でき、見ているだけで楽しくなるほどである。

だから。

違和感を覚えたのは女皇に対してではない。

覚えたのは——。

「妙だな」

思わず、白煉は疑問を口にしていた。

拮抗《きっこう》した戦いは続いている。女皇の攻撃を、ラエスリールの手足となった五闇の化身たちはたちまちのうちに無効化し、その虚《きょ》さえも消し去っている。

にもかかわらず、戦況はラエスリールの不利に動きつつあるのだ。

この戦いの場にあって、女皇は対等な戦いに歓喜し、状況に応じてその方法を変化させつつある。

成長している、あるいは進化しているのだ。

それは白煉の目にも鮮やかな変化で、見とれるほどに魅力的なものだ。

ところが……ところが、だ。

そんな女皇の変化に対し、ラエスリールのほうは……はっきり言ってぱっとしない。

あれだけ劇的な反撃ののろしを上げたというのに、変化する女皇に対応できていないようにしか見えないのだ。

それは、白煉の気のせいではなかった。

現にラエスリールは今、押されている。

戦いの中で進化する女皇の攻撃に、ラエスリールは防戦一方になっている。

それが、白煉には理解できない。

彼女には、女皇の力も、ラエスリールの力も、そうして五闇の力も――総合的に理解、判断できるのだ。

五色《ごしき》の闇の化身の味方を得たラエスリールは、白煉にとっては女皇に勝るとも劣《おと》らぬ力を持っていると認識できるものだった。

それだけの力を得たにもかかわらず、なぜ――？
強烈な思いが白煉を支配する。
自身の決意や誓いとはまったく別の次元で。
許しがたい不条理を見いだした。
そんな怒りを、白煉は覚えずにいられず、そうして放たずにはいられなかったのだ！
「なぜ、あやつらはあの娘を自由に動かせてやらないのだ！」

## 2

女皇《じょおう》の大剣が、漆黒《しっこく》の輝きを纏《まと》い襲いかかってくる！

ラエスリールはそれを受け止め、同時に力を分解する！

楽しそうに女皇は笑い、一歩退《ひ》く――今度はラエスリールが一歩を踏み出す。

分解するだけでは、女皇の力を削《そ》ぐことはできない。踏み込み、打撃を与えなければ、戦いが終わることはない。

駆ける――狙《ねら》うは女皇の右腕の付け根。

他の魔性《ましょう》たちと同じものかどうかはわからないが、そこに命の塊《かたまり》が視《み》える。心臓のひとつと捉《とら》えていいだろうモノが。

ただし、そこに宿るものを紅蓮姫《ぐれんき》が喰《く》らうことはない。破妖刀《はようとう》であり、魔性の命を糧《かて》とするはずの彼女は、女皇の命には触れたがらない。だから、紅蓮姫を破妖刀として用いることはできない。

理由は……何となくだがわかる。

女皇は虚《きよ》を纏う。それはこの世界にあって異質なものだ。世界にある『有』を無に……否《いな》、正しく『虚《うつ》ろ』に変えてしまう。

それが女皇の力の源《みなもと》なのだとすれば、彼女自身を構成する命もまたその属性を帯びていてもおかしくはない。

魔性の命という『有』なるものを糧とする紅蓮姫もまた『有』なる存在である以上、『虚ろ』に変えられることはある意味『死』以上に恐るべきことなのだ。

だから、紅蓮姫は女皇の命に触れたがらない――だが、方法がないわけではない。

ラエスリールの魅了眼《みりようがん》の力を利用し、触れることなく『解いて』しまえばいい。

無論、女皇は易々《やすやす》とそれを許すとは思えないが、そんなことは今更だ。これまで戦った相手の誰ひとりとして、自《みずか》らの命を容易《たやす》く投げ出す者などいなかった。

それでも戦い抜いてきたのは、ラエスリールが前に出ることを恐れなかったからだ。

前へ、前へ。

この一撃が届かないのなら、さらに一歩踏み込めばいい。

それでも届かないなら、さらに二歩。

届くまで何歩でも踏み込めばいい――そうやって、彼女は戦い続けてきた。

だから、前へ。

踏みだし、ラエスリールは駆ける。

「させないわ！」

紅蓮姫のひと振りを、女皇の黒剣が阻《はば》む。

まだ届かない――もっと深く踏み込まなければ！

ラエスリールの意志を理解する五闇《ごあん》の化身《けしん》たちが力を女皇に集中する！

女皇が舌打《したう》ちした。

「忌々《いまいま》しい分身どもね！」

女皇の全身が高密度の虚に覆《おお》われ、彼らの力を無効化する！

その隙《すき》に、さらに一歩、ラエスリールは踏み込んだ――視界を遮《さえぎ》るほどに濃い虚も、彼女の右目を塞《ふさ》ぐことはできない。

「ここだ！」

意識を、力を、『解く』ことに集中して、ラエスリールは紅蓮姫を突きだした！

今度こそ届くか――そう思われた瞬間、女皇が怒りの力を放つ。

無傷ではすまないと悟った女皇の反撃は、当然のことだとラエスリールも予想していた。先ほどの女皇のように、力を鎧《よろい》代わりに纏えば、防げることもわかっている。

だが、ラエスリールはそうはしなかった。

無傷で勝てる相手ではない。

ならば、多少の傷に構っている場合ではない！

『お前は、もう少し傷を減らす努力をしろよ』

ラエスリールの傷を治療するたび、深紅《しんく》の男は呆《あき》れたように言ったものだが、それは無理というものだった。

ラエスリールだって、進んで傷ついているわけではない。痛みに慣れることもない——だがそうするしか道がなければ、その道しか選べないではないか。

退いた先で別の道を見いだすことができるならともかく、彼女が向き合う相手はいつも、ぎりぎりの選択をしなければ対等に戦うことさえ難しい者たちばかりだったのだから！

行く！

力を防御に回すことなく、彼女は紅蓮姫に力をこめたまま、一撃に賭《か》けた。

が——。

女皇の放った虚がラエスリールの身に触れる寸前、彼女の体は別の場所に移動していた——いや、正確には移動させられたのだ！

また、だ。

今度は。

「藤夜《とうや》、お前か！」

紫紺《しこん》の闇の化身が、ラエスリールを女皇から引き離していた。

「なぜ、邪魔《じゃま》をした！」

今度こそ届くはずの攻撃を邪魔され、さすがに口調がきつくなる。

一度めならまだしも、これが初めてではないのだから無理もない。

だが、漆黒の髪に紫紺の双眸《そうぼう》を持つ闇の化身は、淡々《たんたん》と答えたのだ。

「あのままでは、御身《おんみ》も無事にすみませんでした」

と。

ラエスリールは歯ぎしりを堪《こら》えられなかった。

「覚悟の上だ！」

噛《か》みつくように叫んだ彼女に、しかし藤夜はかぶりを振った。

「軽微な被害ですむとは到底思えませんでした。我らをもっと上手に利用なさってくださいますよう、よろしくお願いいたします」

また、だ。

一度目は黄夜《こうや》が、二度目は翠夜《すいや》が同じことをして、同じことを口にした。

要するに、自分の戦い方が下手だと言いたいのだろう。

ラエスリールは深く息をついた――。

※

真紅《しんく》の刀身が、今度こそ女皇の右肩を貫《つらぬ》くかに見えた瞬間、傍観者である深紅の男が忌々しげに舌打ちした。

それに気づいた白煉《びゃくれん》は、一瞬男がまたしても変節したのかと思ったが、そうでないことは直後に目の前で繰り広げられた現実によって明らかとなった。

ラエスリールの体が、女皇から離れた場所に移動させられたのだ。

藤夜と呼ばれた女性の闇が、ラエスリールを勝手に連れ戻したのだ――白煉でさえ、怒りを覚える妨害行為だった。

「何を考えておるのじゃ、あやつらは？」

先ほどから覚えていた違和感の正体を、白煉ははっきりと悟った。

五色《ごしき》の闇の化身たちは、ラエスリールを援護する一方で、明らかに彼女の行動を阻害している。ラエスリールが声を荒げるのは当然のことだった。

「それとも、あの娘はまだ完全にあやつらを従えておらぬのか？　そのせいで結果的に邪魔を許すことになっておるのか……？」

だとしたら、五色の闇はラエスリールにとって諸刃《もろは》の剣《つるぎ》となる。自分の意志に従わぬ力など、信頼に足りぬ。それどころか自身の身を危《あや》うくする可能性さえある。

もしかしたら、と白煉は思った。

絶体絶命の危機的状況に陥《おちい》るまで、ラエスリールが彼らを呼び出さなかったのは、そのせいだったのではないだろうか、と。

「単にあいつらの理解不足だよ」

切って捨てるような男の言葉に、白煉は首を傾《かし》げた。

「わからぬな。あのままであれば、あの娘の攻撃は女皇に届いておったろう……多少の傷もなく終わるような戦いではないと、そんな単純なこともあやつらは理解できぬほど無知だというのか？」

そこまで未熟なのか？

素朴《そぼく》な疑問だったのだが、なぜか男は噴《ふ》きだした。

「まあ、未熟は未熟だな。ラスのことが大事すぎて、自らラスに個核を押しつけた連中だからな、あいつが傷つくのは耐えがたいってことだ」

だから、ラスの攻撃が届くとわかっているのに、あいつを安全な場所に引きずり戻すような真似《まね》をする。

「雛鳥《ひなどり》を守る親鳥気取りなのか？」

まあ、何とも物騒《ぶっそう》な雛鳥もいるものだ……そう呟《つぶや》きかけた白煉は、もう片方の戦いの当事者も『物騒な雛鳥』であった過去を思い出す。

しかし、女皇はすでに雛ではない。そんな女皇と対峙《たいじ》するラエスリールが、雛などであるはずがないということを、五色の闇たちがわかっていないというのが逆に不思議だった。

「……わかってはいるんだろうよ」

男の声には苦い響《ひび》きが滲《にじ》んでいた。

「わかってはいても、傷つく姿は見たくないんだろう……あいつのことを心底理解できてないのはそういうところだ。あいつらは、まだラスの意向より自分たちの感情を優先してる……叶《かな》うことなら、ここに戻る前に実戦のひとつやふたつ積ませて、あいつらにラスってやつを叩《たた》き込んでやりたかったんだが……」

そんな余裕はなかったからな。

男の声は心底残念そうだった。

つい、悪戯《いたずら》心が湧《わ》いた。

「そう思うなら、ご自慢の迷宮に適当に見繕《みつくろ》った相手を連れ込んで戦わせればよかったのではないか？　あの空間は、確か時間の流れから切り離されていたはずだろう？」

男が一瞬でもその件を考えなかったとは思いにくい。

白煉の指摘を、しかし男は一蹴《いっしゅう》した。

「生憎《あいにく》、あそこはおれ以外の力は無効化されるんだよ。それがなくても、お膳立《ぜんだ》てした戦いにラスが乗るわけがない。あいつは、理由のない戦いなんて、一度だってしたことがないんだからな。今、あいつが戦う理由を持つ相手は女皇だけだ。それ以外の相手は……まあ、魅了眼で敵意喪失《そうしつ》させてお終《しま》いってとこだろ」

積ませたくても積ませようがなかったってのが真相だよ。

「なんだ、それでは、結局あやつらはこの戦いの中であの娘のことを理解しなければ、いつまでたっても足手まといでしかないということではないか。肉を切らせて骨を断つのがあの娘の十八番《おはこ》だというのに、それを封じるとは……」

厄介《やっかい》な邪魔者としか言えない。

だが、彼らの存在なくしては、ラエスリールは女皇と対等に戦うことができないのも事実なのだ。

痛し痒《かゆ》しというところか。

しかし、それではこの戦いは永遠に終わらない可能性が出てくる。

そのことについては、男はどう思っているのだろうか。

前回の戦いで男が水を差したのは、原初世界の化身のようなラエスリールが戦い続ければ、勝利を摑《つか》んでも世界を破壊してしまうためだった。

では、今回の戦いは？

両者の戦いが続く今この時も、世界の時間は流れ続けている。

女皇の宣言に力を得た魔性たちは、今も人間を用いた遊戯《ゆうぎ》を繰り返しているだろう。女皇の勝利に終われば、別に問題はない。その時世界から人間という存在が消え失せていても、それは彼女の予定する新世界と変わりない状況だからだ。

だが、もし万が一ラエスリールが勝利したその時に、人間が滅んでいたとしたら？

その時彼女はどうするのか。

自らが持つ破壊の鍵《かぎ》を用いて、この世界に終止符を打ち、新たな『人間の存在する世界』を造りあげるだろうか。それとも、間に合わなかった事実に打ちのめされ、絶望に我が身を焼き尽くすのか……。

女皇に従う白煉としては、考える必要のないことかもしれない。女皇の勝利だけを信じていればいいのだから——だが、男はそうではないはずだ。

「柘榴《ざくろ》の……」

どうするつもりだ？

問いかけようとしたが、それを声にすることができない。

白煉は、自分が……白焔《はくえん》の妖主《ようしゅ》たる自分が、その事態を恐れているのだと気づかざるを得なかった。

女皇が勝利すれば何の問題もない。

万が一逆の結果になったとしても、人間が滅んでいなければ、大した問題とはならないだろう。

だが……もしも。

最悪の状況で、この戦いの決着がついてしまったら、その時は。

「どうもしないさ」

男の答えは、淡々としていた。

「どうもしない」

あいつのしたいようにさせるさ、と言外の声を聞いたような気がした。

あいつが滅びるなら、ともに滅ぶだけのことだ——。

そう、告げられたような、気がした……。

# 3

このままでは埒《らち》があかない。

ラエスリールは五人の闇《やみ》全員に聞こえるように、はっきりと告げた。

「お前たちはわかっていない」

何を、とは言わない。

「我らが何をわかっていないと?」

反応したのは、彼女の背後に控える藤夜《とうや》だった。

ほかの四人の顔にも、当惑の色が窺《うかが》える。

「お前たちは……」

言いかけたラエスリールははっと息を呑《の》んだ。

藤夜を突き飛ばし——思いがけないラエスリールの行為に、彼女は数歩後《あと》ずさる。

「何を……！」

非難の声を上げる寸前、彼女がいた場所に、禍々《まがまが》しい虚《きよ》を纏《まと》った黒闇《こくあん》の鞭《むち》が振り下ろされていた。

「邪魔《じゃま》よ」

冷ややかな怒りを宿す少女の声が響《ひび》き渡る。

漆黒《しっこく》の双眸《そうぼう》に憎悪さえたたえ、女皇《じょおう》は藤夜を睨《にら》みつけていた。

「邪魔よ、あなたたち。どうしてわたくしたちの戦いに水を差すの？　彼女を援護するぐらいなら許してあげようと思ったけれど、先ほどのことは許せない。あなたたちは、一体何の権利があって、わたくしたちの戦いを汚《けが》そうとするの？」

その声に込められた怒気の凄《すさ》まじさ——女皇が激怒しているのは明らかだった。

「そのようなつもりはない」

漆黒の髪に翡翠《ひすい》の双眸を持つ青年が代わりに答えた。

「ただ、我らは主《あるじ》の無謀《むぼう》な行動を看過《かんか》できぬだけだ」

続けたのは黄夜《こうや》。

「先ほどのことも、それゆえのこと。貴女《あなた》の虚は主を傷つけようとしていた」

結んだのは白夜《びゃくや》だった。

それに対して、女皇はふん、と鼻を鳴らした。

「わたくしの虚がラエスリールを傷つけるに違いないから？　笑わせてくれること！　同時に彼女の破妖刀《はようとう》は、わたくしの肩を貫《つらぬ》いていたでしょうに！　それぐらい、わたくしたちにはわかっていたことよ、それでも互いに退《ひ》かなかった！　お前たちに邪魔されることではないわ！」

その通りだった。

あの時、ラエスリールは女皇の攻撃を避けることより、紅蓮姫《ぐれんき》を繰り出すことを選んでいた。その結果、傷つくこともわかっていた。

それでも――女皇の言う通り、退かなかったのだ。

「腹立たしいこと。わたくしたちは互いをかけて戦っているというのに、何もわからぬ輩《やから》が茶々を入れてくる。お前たちの存在あればこそ、彼女との戦いが楽しいのは事実だけれど、あんなことを繰り返されるのでは堪《たま》らないわ！　今度ふざけた真《ま》似《ね》をしたら、まずはお前たちを片づけるわよ」

女皇の怒気が、空間そのものをびりびりと震わせる。

彼女は本当に怒っているのだ。それでも「今度」と条件をつけたのは、それだけ彼らの力を評価しているからだろう。彼らなしのラエスリールでは、『楽しい戦い』にならないと思っているのだ。

口惜《くちお》しいが、それは正しい。

「お前たちには感謝している」

女皇をこれ以上刺激しないためにも、ラエスリールは五人を説得しなければならないと思い、言葉を探した。

「自《みずか》らの個を持ったお前たちが、わたしに従う義理はない。なのに、こうして力を貸してくれる……本当に、感謝しているんだ」

その思いに嘘《うそ》はない。

父が封じた世界から、彼らを連れ出してやると自分は約束した。協力を取りつけたのは、そこまでのはずだったのだ。

あの閉ざされた世界から解放された瞬間にも、闇たちは自由に飛び去っておかしくなかったのだ。契約も誓いも、自分たちの間にはなく、約束さえ、すでに果たされたあとのことだったのだから。

なのに、闇たちはラエスリールのもとを去らなかった。

それればかりか、個を得て具現化《ぐげん》したその命を、彼女の存在と重ね合わせてくれた。

独立した個体となる道を捨て、自分の力となることを選んでくれた。

そんな彼らに、感謝を覚えないはずがない。彼らの存在なくして、今自分はここに立ってはいなかった。それは紛《まぎ》れもない事実なのだ。

だが――。

「お前たちが、わたしを大切に思ってくれることも、ありがたく嬉《うれ》しくも思っている。お前たちの目には、わたしの戦い方が恐ろしく乱暴に見えるだろうことも……」

さんざん、皆に言われてきたことだ。

『あなたって人は！　もう少し、考えて戦いなさいよ！　見ているこっちが痛いのよ！』

『姉ちゃん、姉ちゃんの戦いぶりって確かに大迫力だけどさぁ、もうちょっと流血を避けるよう努力してもいいんじゃないかな』

『虎穴《こけつ》に入らずんば虎児《こじ》を得ずとはいうけれどねえ、ラス。それは何も虎穴で母虎《ははとら》と真っ向勝負するって意味ではないと思うのよ？』

懐かしい、大切な人たちに、かつて言われたことが脳裏《のうり》に甦《よみがえ》る。

「……心配をかけて、すまないとは思う。だが、わたしのことを、もう少し信じてくれないか？　わたしだって、何も考えずに飛び込んでいるわけじゃない。確かに危なっかしいかもしれないが、何とかなるかならないかの見極めはつく。無駄死《むだじ》にするのが目に見える戦いは、絶対にしないと約束するから」

そこまで告げて、ラエスリールは五人に目を向けた。

「頼む」

五人はすぐには答えなかった。

ラエスリールは重ねて告げた。

「わたしの心を、意志を、守ってほしいんだ。頼む」

「ですが……先ほどの件は、やはり看過すべきではないと思います。おふたりは覚悟の上だとおっしゃいますが、命に関わる傷を負われた可能性は否定できません」

どうにも承服できかねる——白夜がそう告げると、ラエスリールは「いいや」とかぶりをふった。

「傷つくことは、問題じゃない。どれほど傷ついても、どれほど血を流そうと、最後に立ってさえいれば……わたしは死なない」

きっぱりと言い切ると、今度は翠夜《すいや》が「馬鹿《ばか》な！」と声を荒げた。

「あなたがそのような状態になるならば、それは我らはすでに存在しないということですよ？　失礼ながらあなたご自身は治癒《ちゆ》の術をお持ちではない。魅了眼《みりょうがん》の力を用いれば可能とお思いなのでしたら、その状態で十全な効果は見込めません。残念ながら、信じることなど……」

できかねる……彼がそう続けるのを待たず、ラエスリールは断言した。

「死なない、絶対に、だ」

そうして、彼女はただひとりの男に目を向ける。

この場に集《つど》うどんな闇より深く混沌《こんとん》とした古き闇が具現化した男を。

「あの男が、わたしを死なせない。あの男が、わたしを癒《いや》す」

深紅《しんく》の男が、驚いたように目を瞠《みは》ったのが可笑《おか》しかった。

いつも自信満々の男のことだから、即答すると思っていたのだ。そんな男が、今

自分の言葉に驚きを隠さない。

こんな顔を見られるなら、さんざん振り回された口々も少しは報われるというものだ。

ラエスリールは僅《わず》かに首を傾《かし》げ、男に問いかけた。

「そう、わたしは信じているのだが……違うのか、闇主《あんしゅ》？」

※

その声を。

その言葉を。

耳にした瞬間、胸に湧《わ》き上がった嵐《あらし》にも似た熱を、何と表現すればいいのか。

高らかに、一切の疑念も躊躇《ためら》いもなく。

『あの男が、わたしを死なせない。あの男が、わたしを癒す』

叫んだ、あの声。

あれが自分の中に呼び起こしたものを、一体どう認識すればいいというのか。

男は当惑すら覚えていた。

なぜなら、数千年を生きてきた男にとっても、それは初めて受ける全面的な信頼だったからである。

自分自身さえ信じられぬ男は、これまで他者から掛けられる信頼をあざ笑ってきた。自らも把握《はあく》できぬほどにころころと変わる自身だ。

そんなもの——自身ですら自分を信じられないというのに、そんな自分を信じると言い切る者など、愚者《ぐしゃ》としか思えないではないか。

容易《たやす》く本質が翻《ひるがえ》る男にとって、そんな修羅場《しゅらば》は見慣れたものでもあった。

本質の変化に伴《ともな》い、それまで味方と思っていた彼という存在が、敵あるいは傍観者に変化する時、誰もが「馬鹿な!」と否定した。

そんなはずはない。そんなわけがない、と。

『なぜ、今になって裏切るのですか!』

『なぜ、なぜ、今なのです!』

『ここまで信じてきたわたしたちを裏切るのですか』

投げかけられてきた怨嗟《えんさ》の声は無数と言える。

それだけの裏切りと破約を男は繰り返してきた。

それは、男の性《さが》だった。

真《まこと》と嘘をひらひらと纏い分ける――それを性として持つ男にとって、そんな非難は筋違いでしかなかった。

勝手に信じてついてきた相手に非難されても、男にはどうしようもないことなのだ。

くるくると変わる、自身の天秤《てんびん》。

そのたびごとに、世界そのものが変わるのだ。その折々の対応が変わるのは男にとっては当然のことであり、責められる意味すらわからない。

男自身にすら把握できない何かが男を支配するのだ。

男自身ですら、男自身のどこにも信をおけるものを見いだせない。

それはそれだけ力を与えられた、世界で二番目の古き男に課せられた、創造主による楔《くさび》であったのかもしれない。

最初に生まれた王蜜《おうみつ》の妖主《ようしゅ》には、がんじがらめに縛りつける鎖《くさり》を、二人目の妖主である彼には自身すら把握することを困難とする乖離《かいり》した二面性を。

創造主は、押しつけることで、この世界の支配権を確立したのかもしれない。

三番目に生まれた翡翠の妖主にも、我が身だけでは解決しかねる二面性を。

この世界は。

最初から、それだけの「含み」を持たされて、ようやく許された存在だったのだ！

創造主にどこまでも縛られた王蜜の妖主。

創造主によって、どこまでも自己矛盾《むじゅん》を繰り返す第二の妖主。

己《おの》が存在すら自ら保《たも》ち得ぬ第三の妖主。

第四、第五の存在が、比較的まっとうであったのは、恐らく世界の均衡を考えた、やはり創造主の都合によるものだったのだろう。

勝手な枠組みで生み落とされた存在が、どれほどの苦悶《くもん》を味わったか、恐らく生み出した側は知らない。

植えつけられた規律をどこまでも守ることを強《し》いられた王蜜の妖主の苦悩も、自ら重要だと認めたものが一瞬にして覆《くつがえ》され、大切にしていたものを自ら踏みしだき、後悔すらもおぼつかぬ状況になって初めてそうと認識することになる男の慟哭《どうこく》も。

世界の主は知らない。

あるいは、認識しようとも思っていない。

そして、世界は、世界の主の望むままに動くのだ。

だが、その絶望は今、覆されるのだ。

ただひとりの娘が、創造主の下した絶対の鎖にして呪縛《じゅばく》を。

自身ですら信じられない男を誰が信じるというのか。

自らに碇《いかり》を持たぬ者を、一体誰が信じるというのか。

そんな者はない。いない。

いるはずがない。現れるはずがない！

それは、創造主による重すぎるまでの第二の妖主への呪縛だった。

自身さえ信じられぬお前を誰が信じるというのか。

お前がお前を信じられぬ限り、誰もお前を信じたりはしない。

それは、永遠に解けぬ呪縛だ。世界を創造した誰かは、闇主を永遠に「解放されぬ者」として位置づけたのだ。

それを……男自身、わかっていた。

逃れ得ぬ檻《おり》に捕まった我が身を悟っていた。

解放はない。

永遠にない。

永久の牢獄《ろうごく》に繋《つな》がれるしかないのだと――。

諦《あきら》めかけた時、目にした朱金《しゅきん》の魂《たましい》の輝き。
気まぐれなどではなかった。
本当は……あの時彼にこそ、ラエスリールの輝きは必要だったのだ。
そして、それ以降も。
救われたいと、生きたいと、心底願うあの魂に出会った時、男も望みを抱いたのだ！
信を置かれる自分を。
誰かに心底信じられる自分自身というものを。
男は渇望《かつぼう》していたのだ。
心の底からのそれが。
今、叶《かな》えられたのだ。
男は凍りつき、どう反応するか迷った。
迷って迷って……結局男が縋《すが》ったのは。
支えなき自身を常に支えてきた娘の眼差《まなざ》しだった。

それは、男に覚悟を強いるものだった。

娘の眼差しはどこまでも強く訴《うった》えかけてきた。

わたしは、覚悟を決めたぞ、と。

その覚悟を目《ま》の当たりにして、男もまた覚悟を決めた。

「違わない」

はっきりと言い切った。

「好きなだけ戦い合えばいい。どんなに傷ついても、どれほどぼろぼろになろうと、おれが必ず癒してやる」

だから、と男は告げるのだ。

「お前の信じるままに進め」

と――。

# 第六十七章　人間《ひと》にできること

1

緋陵姫《ひりようき》がウィスラに協力を求めていた頃――。

乱華《らんか》は意識を奪った少女の体を肩に担《かつ》ぎ上げたまま、白い石のようなものを拾い上げていた。

緋陵姫が穢禍《あいか》と名づけたモノと同じモノが、この白い石に怯《おび》えたような動きを見せたのだ、興味を抱かないはずがない。

そもそも手詰まりの状態で、ようやく見つかった手がかりだ。

なんとしても、謎を解かなければならない。

乱華は穢禍から一定の距離を取った上で、少女の体を地面に横たえた。

この白い石を調べるのに、片手では不自由だと思ったからだ――少女には悪いが、穢禍は彼女の母親の遺体を貪《むさぼ》るのに熱心で、すぐに被害が広がるようには見えない。

穢禍が遺体を片づけてしまう前に、何とか対策を立てたい。

ぬちゅ、くちょ、ぐちゃ。

耳障《ざわ》りな音が聞こえてくるのはいったん無視して、乱華は白い石を鼻に近づけた。

これといった匂《にお》いはない。

では、とひと舐《な》めしたことで、彼は石の正体を知った。

「岩塩か」

恐らく移動中の塩分補給のために、少女が懐《ふところ》に入れておいたものだろう。

穢禍は、塩に弱いのだろうか？

ものは試しだ、と乱華は穢禍に近づき、ひと欠片《かけら》の塩を振りかけた。

だが、先ほどのような動揺する素振りは穢禍に見られなかった。

気のせいだったのだろうか？　それとも、あの少女が持っていればこそ、岩塩に効果があったということなのか――。

試してみたいのはやまやまだが、少女の意識を奪ったのは乱華だ。しばらくは目覚めない程度の衝撃を与えてしまったのが悔やまれる。

いや、と彼は自分の考えにかぶりを振った。

たとえ少女の意識があったとしても、貪られ続ける母親の遺体を目の前にして、乱華の実験に少女がつきあうとは思えない。再度恐慌《きょうこう》状態に陥《おちい》るのが目に見えている。

穢禍の体積は、ますます膨れあがっていく。

母親の体は、すでに半分以上が消失している――こんな姿を目にさせるのは、少女にとっては酷《こく》というものだろう。かつてのラエスリールに重ねた少女に対して、乱華は気遣《きづか》いに似たものを覚えていた。

母を亡くした哀《あわ》れな少女には、せめてしばしの休息――乱華が意識を奪ったわけだが――ぐらいは許されてしかるべきだろう。

そう思いはするのだが、手詰まりである状況は変わらない。

「……どうしたものか……」

母親の遺体を片づけてしまえば、穢禍はその食欲を周囲に向けるに違いない。そこに限界があるのかどうかさえわからない今、この場を離れるわけにはいかない。

緋陵姫のほうは、何か進展があったのだろうか。

そう思った時のことだ。

緋陵姫のいる方角から立て続けに雷鳴《らいめい》が聞こえてきた。

「姉上……雷撃《らいげき》を……？」

だが、それは効果がなかったはずではなかったか。

それとも、何か工夫すれば、効果があることがわかったのか？

だとしたら、その工夫とは何なのか。

考え込んだところで答えは出ない。

不快な音が聞こえなくなったことに気づいて目を向けてみれば、穢禍は少女の母親の遺体を完全に喰《く》らい尽くしてブヨブヨとその身を震わせていた。

遺体を損壊する可能性がなくなったということで、乱華は試しに雷撃を打ち込んでみる——しかし、やはり効果はない。

衝撃で穢禍自体はいくつかに分かれたが、それぞれが動きを止めることなく、またひとつに戻っていく。

どうやら、命の核《かく》というものは穢禍にはないらしい。その末端にまでも命は共有され、ひとつに戻る本能を持っているとみるべきか。

あるいは、穢禍とは微細な生命体の群体なのかもしれない。貪ることで増殖し、身を守るために群れをなしているのだと考えれば、引き裂かれてもひとつに戻る理由にはなる。

だが、もしそうだとすれば、穢禍の食欲には際限がないということだ。

無限に増殖していくということだ——世界のあらゆるものを糧《かて》とし、食料が尽きる瞬間まで群体の増殖は止まらない。

その意味するところを考え、乱華は背筋が凍るような思いを味わった。

穢禍は、人間を喰らう。

それは少女の母親の件で明らかだ。樹木や草はもちろん、先ほど目にした分では土までも貪っていた。地中の虫や微生物までも、糧とするのだ。

それは、放っておけば、この地上にあるすべての命を貪り尽くすまで、穢禍は止まらないということだ。あるいは海に遮《さえぎ》られることはあるかもしれないが、海にも生き物が生息している以上、確実とは言えない。

第一、仮に海が防波堤の役目を果たすとしても、ここは小さな島などではない。広大な面積を誇《ほこ》る大陸なのだ！

ガンダルース大陸全体が、この生き物に覆《おお》い尽くされるなど、おぞましいことこの上ない。そんなことになったら、ラエスリールが一体どれほど嘆《なげ》き、同時に怒りくるうことか——そちらのほうがより恐ろしい。

何としても、穢禍を増殖させてはならない。

だが、どうやって——？

頭を抱え込んだ乱華の耳に、その時かけがえのない姉の声が飛び込んできた。

「乱華！　援軍を連れてきたぞ！」

その声は上空からのもので——呆《あき》れたことに、緋陵姫は空を駆けてくるのだ、何と人間の子供と山羊《やぎ》を連れて！

「姉上……何という無茶を……！」

こんな時だというのに、乱華は姉の大胆《だいたん》な振る舞いに息をつかずにいられなかった――。

※

一体なぜ、空から？

一体なぜ、子供と山羊？

援軍とは？

いくつもの疑問が乱華の脳裏《のうり》に渦《うず》巻いた。突拍子《とっぴょうし》もないことを時々やる姉であることは承知していたが、それにしてもこれはあまりに突き抜けている。

「姉上！」

これはどういうことですか！

嚙《か》みつくように問い質《ただ》そうとした乱華はしかし、緋陵姫に目線で制された。

黙っていろということなのか、あるいは話を合わせろというのか――見たところ、彼女が連れてきた子供は、自分たちに対して恐怖を覚えている様子はない。

つまり、子供は自分たち……否《いな》、緋陵姫を魔性《ましよう》だと知らないのだろう。

そこまで素早く見て取り、乱華は小さく頷《うなず》いた。

その直後、連れてこられた子供が叫んだ。

「ああっ！　こっちにもいた！　姉ちゃん、どうしよう！」

どうやら向こうの現場にいた子供なのだろう――穢禍を目にした反応から、容易《たやす》くそのことは理解できた。

「どうしよう？　こっちにもいたなんて……姉ちゃんは雷《かみなり》呼べないって言ってたよね？　さっきは運良く雷が落ちてくれたけど、もう一匹いるなんて……」

どうしよう、どうしよう。

子供は途方に暮れた様子で繰り返した。

そんな子供に、緋陵姫がとんでもないことを言い出したのを聞いて、乱華は我が耳を疑った――疑わずにいられなかった。

「大丈夫だ、ウィスラ。わたしは雷は呼べないが、弟の乱華は雷を呼べるから」

一体、何の冗談だ？

姉の制止を忘れて「どういうことですか！」と詰め寄りたくなった乱華に罪はなかろう。

こんな馬鹿《ばか》げたことを、いくら相手が子供でも通用するはずがない、との彼の予想はしかし綺麗《きれい》に裏切られた。

「え、本当に？　凄《すご》いや、空飛べる姉ちゃんも凄いと思ったけど、雷呼べるなんて！　浮城《ふじよう》の人って、ほんとに凄い力を持ってるんだな！」

子供――ウィスラの一言に、乱華は文字通り金槌《かなづち》で頭を殴られたかのような衝撃を受けた。

「姉上っ！」

あなたは、何という……何という大胆すぎる嘘《うそ》を！

目線だけで非難すると、宥《なだ》めるような緋陵姫の視線とぶつかった。

嘘も方便だとはわかっているが、よりにもよって浮城の術者を名乗るとは、この姉は何を考えているのだろう。

だが、緋陵姫がこっそり「わたしが名乗ったわけではないぞ」と囁《ささや》いてくれたおかげで、少しだけ腑《ふ》に落ちた。

つまり、緋陵姫の力を目撃したウィスラが、勝手に勘違いしたのだろう。

……まあ、ほとんどの人間にとって、魔性とは小鬼《しょうき》や妖鬼《ようき》を意味するのだから、外見だけなら自分たちが魔性だとはわからないだろう。不可思議な力を持っている人間ということで、浮城の住人と結びつけたというあたりか。

だが、しかしなぜ雷なのか。

それを緋陵姫に尋《たず》ねる前に、ウィスラが乱華の腕にしがみついてきた。

「なあなあ、兄ちゃん！　雷呼べるんなら、あいつに向かって落としてよ！」

右腕で乱華の腕にしがみつき、残る左手で穢禍を指さす。

「向こうにいたあのぶよぶよも、雷に打たれたら、どんどん小さくなって、最後は消えたんだから！　放っておいたら、こいつこのあたりを滅茶苦茶にするんだろう？　なあ、頼むよ兄ちゃん！」

兄ちゃん、と呼ばれたのは生まれて初めてのことだった。

不覚にも、すぐに反応できなかった。

「いや、しかし雷は……」

すでに効果なしだと言いかけた乱華に、またしても緋陵姫が目で合図してきた。

いいから、やってみろ。

どうやらこの件に関して、姉はこの場で詳細を説明してくれる気はなさそうだった。

それに、ウィスラの言葉も気になる——彼の言うことが正しければ、向こうの穢禍には、雷が効果があったということなのだから。

どういうことだ？　もしかして、向こうに落ちたモノとこれは別種の生き物なのか？

疑問が次から次に湧《わ》き出てくるが、やはり姉は答えてくれそうにない。

こうなっては仕方がない。

わけもわからず振り回されるのは気にくわないが、穢禍を放置できないことだけは間違いないのだ。

乱華は左手を空に向かって振り上げると、人差し指を立て、勢いよく穢禍目がけて振り下ろした！

空を切り裂く雷鳴が轟《とどろ》き、次の瞬間、穢禍に雷が襲いかかった！

だが、先ほどとは違い、穢禍が衝撃で分裂することはなかった――穢禍は、確かにその体積を減じた姿で悶《もだ》え苦しみだしたのだ！

「どういうことだ？」

先ほどと何が違うのか。

「すごい、すごい！　兄ちゃんもういっぺん！　もういっぺん呼んで！」

ウィスラの素直な賞賛の声を耳にした時、まさかという思いが乱華の脳裏に浮かんだ。

姉は援軍を連れてきた、と言ったのではなかったか。

先ほどまで効果のなかった雷撃が、今は確かに穢禍に打撃を与えている。

その違いは、もしかしたらこの少年の存在の有無なのか？

あとで姉に詳しく聞かなければならない、と乱華は心に決めた。

だが、今はまず――。

「そうだな、今度はもう少し大きなものを呼ぼう」

頷き、再度左手を振り上げ――。

乱華は穢禍へ雷撃を見舞った――！

## 2

「姉上」

お尋《たず》ねしたいことがあります――。

穢禍《あいか》を雷撃《らいげき》で片づけるなり、乱華《らんか》はつかつかと緋陵姫《ひりょうき》に歩み寄った。

手立てが見つからない状況を打破できたのは、間違いなく緋陵姫の連れてきた少年のおかげだ。それはわかっているが、理由も何もわからないのではすっきりとしない。

何より、また同じことが起こった時の対処の参考にならない。

こんなことは一度きりに願いたいが、これまで起こらなかったことは未来に起こらないという保証など何もないのが世界というものだ。

一度起こってしまったことが、二度とあり得ないとは絶対に言い切れない。

罪を犯《おか》した人間が、二度と過《あやま》ちを繰り返さないことは珍しいことではないが、それは本人の固い決意あってのことだ。あの穢禍に、そんな意志などあるとは思えない……否《いな》、あの本能的に感じた世界への悪意は、次を約束するもののようにさえ感じられるのだ。

何としても、先ほどの雷撃のからくりを聞かなければならない。

固い決意で、乱華は緋陵姫にどういうことかと問い質《ただ》す——否、問い質そうと口を開きかけたのだ、が。

視界の隅《すみ》に、とんでもないモノを見いだし、乱華は反射的に動いていた。

「馬鹿《ばか》！　何をしている、そこに近づくな！」

何を考えているのか、穢禍が蠢《うごめ》いていた場所に、とことこと近づこうとしているウィスラに向かって声を張り上げる。

その怒気溢《あふ》れる声に、少年がびっくりして振り返った。

「なんだよ、兄ちゃん。驚かせるなよ、大きな声だなー」

まったく危機感のない少年の様子に、怒りにも似た思いがふつふつと湧《わ》き上がる。

この少年は、実際にアレを目にしたはずだというのに！　あれがどれほど危険なモノか理解できていないのか？

だとしたら、頭が悪いにも程がある。

ウィスラに対してかなり失礼な感想を抱きながら、それでも乱華は足早に少年に近づくと、有無を言わせず背後からその襟首《えりくび》を摑《つか》んだ——まさか、姉が同じようにウィスラを引き留めたとは知らず。

「お前こそ！　何を考えているんだ！　まだ欠片《かけら》が生き残っているかもしれないんだぞ。一滴分でも生き残っていたら……お前など、触れた瞬間に即死するんだ！　のこのこ近づく馬鹿がいるか！」

そう、ほとんど視認できないほどに小さな飛沫《ひまつ》が、あの少女の母親を即死させたのだ。

と、そのことを思い出した乱華は、自分がかなり焦《あせ》っていたことを自覚した。

「わたしとしたことが……確認を怠《おこた》るとは」

真っ先に優先すべきことは、緋陵姫を問い質すことではなかった——あの危険な生き物を完全に殲滅《せんめつ》させたかどうかを確認することだ。

しかし、もし視認ができない規模の生き残りがあった場合、どうやって確認すればいいというのか——手っ取り早いのは、何か生き物を置いてみることだが、もし生き残っていた場合、穢禍はその生き物を糧《かて》とすることで再び活動を活性化させるという危険性がある。

第一そのやり方だと、永遠に検証を繰り返さなければならない。

どうしたものか——。

悩みながら、そういえばと乱華は思い出した。

ウィスラは何か手に持って、穢禍のいた場所に近づこうとしていなかったか。

「お前、何をするつもりだったんだ？」

袋の口は紐《ひも》で絞《しぼ》られていて、中は見えない。

もしかして、この少年は何か特殊な術に通じているのだろうか？　だからこそ、彼がそばにいることで、雷撃が効果を上げたのか……？

見たところ、何の変哲《へんてつ》もない子供に見えるが、この子供なしに、自分も緋陵姫も穢禍を倒すことはできなかったのだ。その可能性は低くはない。

「兄ちゃん、おれはお前じゃないぞ。ちゃんと姉ちゃんみたいにウィスラって呼んでくれよ。名前ってのは、呼ぶため、呼ばれるためにあるんだぞ」

魔性《ましょう》の――特に高位魔性である乱華にとって、名を許すか否かは重大な問題だ。だが、真名《まな》の持つ力から無縁の人間にとって、それは確かに真実だ。

以前の自分なら、たかが人間の子供にこんな生意気な口は許さなかっただろうに、腹立ちも何も感じない。

それればかりか、生意気な子供の様子が微笑《ほほえ》ましくさえ感じるのは、自分も以前とは違うからだろうか。ほんの些細《ささい》な変化でも、こうして降り積もっていくのだろうか。

感慨深い思いを嚙《か》みしめながら、乱華は「悪かったな、ウィスラ」と謝罪した。

「それで、ウィスラは何をするつもりであそこに近づいたんだ？　手に持っている袋の中身は何だ？」

律儀に名前を呼んだことで、子供の機嫌は直ったらしい。

「これ？　これは塩だよ。アレがいた場所をお清《きよ》めしようと思って」

さも当たり前のことのようにウィスラは答えた。

だが、それは乱華には初めて聞くことばかりだった。

「塩に、そんな特別な力があるのか？　いや、そもそもお清めとは何だ？」

魔性として生きてきた乱華には、人間社会のことはよくわからない。

いや、都市部の人間に遊びで関わったことがあるが、その人間たちは塩を特別視などしていなかったはずだ。

ウィスラは人間でも特殊な一族の生まれなのだろうか？

頭の中は疑問符だらけだ。そんな乱華にウィスラが呆《あき》れたように答えた。

「なんだか姉ちゃんも兄ちゃんも、浮城《ふじょう》の人なのに、あまりものを知らないんだな。それとも大きな力を持ってるから、不浄《ふじょう》とか邪気《じゃき》とかあんまり気にする必要がないのかな」

もの凄《すご》く失敬なことを言われた気がしたが、塩やらお清めやらについて何も知らないのは事実である。

乱華は詳しく教えてくれるよう頼んだ。

ウィスラは、自分が誰かに教える立場に回ったことが嬉《うれ》しかったのか、胸を張って「まかせろ」と答えた。

そうして教えてくれた内容によれば――。

大きな街の人間はどうかは知らないが、ウィスラの住んでいる村や近くの町では、塩で「お清め」することは当たり前の風習なのだという。何を清めるのかといえば、色々あるが、最も一般的なものは生き物の死骸《しがい》や汚穢《おわい》が見つかった場所だという。

死骸や汚穢には不浄が宿り、邪気が発生すると信じられているのだと。

そんな場所に塩をまくことで、邪気は浄化され、広まることなく消えるのだと。

だから――。

「あれってさ、もの凄く邪悪って感じだったじゃない？　きっとあれのいた場所って、不浄に侵《おか》されてると思うんだ。だから塩でお清めしなきゃって」

思ったのだと、ウィスラは告げた。

「そうか」

少年が、決して悪戯《いたずら》半分であの場所に近づこうとしていたわけではなかったのだと知り、強く言いすぎたことを乱華は悔やんだが、さすがにそのことでは謝らなかった——危険が残っているかもしれない場所であるのは確かだからだ。

「貸してみろ」

だから、乱華は代わりに塩をまいてやることにした。

実のところ、これは実験も兼ねた申し出だった。白分が穢禍に振りかけた塩は、何の効果もなかった。

だが、少女の懐《ふところ》から岩塩がこぼれ落ちた瞬間、確かに穢禍は動揺したのだ。

ならば、この少年がいる場所でなら、自分でも効果を出せるのか。それとも少年自身の手による「清め」でなければ意味がないのか。

それを確かめる意味でも、試してみる価値はある。

「もし、生き残っている分がいても、わたしならすぐに雷《かみなり》を呼べるからな。わたしがまいてやろう」

そう言って右手を差し出すと、ウィスラが嬉しそうに笑った。

「兄ちゃんも、姉ちゃんも優しくていい人なんだな。おれの言うこと、いちいち馬鹿にしないでちゃんと聞いてくれるなんて」

どうやら、ウィスラの周囲には、彼の言うことをいちいち馬鹿にする連中がいるらしい。

「なんだ、嘘《うそ》なのか？」

わざと煽《あお》ってみると、少年は顔を真《ま》っ赤《か》にして否定した。

「嘘なもんか！　ただ、この辺では爺《じい》ちゃんの故郷みたいに雷は神鳴《かみな》りとか、雷は桑《くわ》の木を避けて落ちるとか信じられてないみたいで……」

雷は神鳴り――なるほど、そのあたりのことが、先ほどの雷撃に関係しているらしい。

詳しく聞こうかとも思ったが、恐らくその辺はすでに緋陵姫が聞き出しているだろう。何より、塩の効果を確認するのが先決だ。

乱華はウィスラから塩の入った小袋を受け取ると、穢禍の消えたウィスラの言うところの『不浄地』に近づいた。

量に関しては詳しく聞かなかったが、まあひと掴み分もまけばいいだろう——足りなければまた、まけばいいだけのことだ。

無造作に袋から塩を掴み取ると、乱華はどす黒く腐食《ふしょく》した大地にさっと振りまいた。

白い砂のようなものが、大地に触れるや否や——驚くべき変化が生じた。

腐食しきった大地の色が、見る間に本来の大地のそれに戻っていくのだ。

それだけではない。

乱華の危惧《きぐ》した通り、穢禍の生き残りはあったのだ——それが、塩に触れた瞬間、じたばたと苦しそうに暴れ出したのだ！

恐らく攻撃者の目から逃れるために、その身を地中に隠していたのだろう。暴れ出した穢禍の大きさは親指ほどだった。

雷を当てるには、いささか的《まと》として小さいか。

乱華は塩を振りかけてみた——この暴れぶりをみれば、効果がないとは思えない。

果たして、ウィスラの持っていた塩を一定量浴びたところで、穢禍の体は消滅した。

完全に消失したのだ！

これは、興味深い実験結果だ。

いや、興味深いと同時に、自分たち魔性の限界を示す結果だと言えた。

雷――神鳴り。

塩――清め。

その現象、あるいは物質に対する認識の有無。

それが、穢禍に対する効果の多少を決めるというのなら。

自分たち魔性には、穢禍を滅ぼす手段がないということにはならないか。

雷はあくまで雷、塩はあくまで塩でしかない――そうとしか認識していない自分たちは……魔性では、いかに大きな力を振るおうが、あのおぞましい存在を滅《めっ》することができないということには？

それは、乱華にとって衝撃的なことだった。

人間など、彼にとっては無力で無意味に増殖した弱者の群れでしかないのだ。

いくつかの例外を除き、存在として価値を見いだせぬ生き物が、穢禍に対して絶対の鍵《かぎ》を握っている……？

ありえない、そんなはずはない！

以前の乱華であれば、絶対に認められなかったに違いない。

だが、今現実に、穢禍の脅威《きょうい》をウィスラの存在ゆえに退《しりぞ》けることが叶《かな》った。この事実をなかったことにするほど恥知らずに、彼はなれない。

考えなければならない。

乱華は、姉に目を向けた。

ひとりではない——自分には姉がいる。互いの情報と知恵を出し合えば、きっとよりよい方策を導き出すことができる相手が。

だが。

心に落ちた無力感を、乱華はぬぐい去ることができなかった。

この世界にあっての、圧倒的強者は魔性だという認識が——人間を愛する姉のために、人間の滅びを忌避《きひ》するという認識が。

根底から覆《くつがえ》されようとしている。

それはあくまで可能性にすぎない。

だが、同時に現実味を帯びた可能性であるのだ。

穢禍を前に、魔性の力は意味をなさない。

穢禍を滅ぼすことができるのは――。

乱華にとって、この出来事は、これまで信じて生きてきた世界そのものがひっくり返るにも等しい衝撃的事実だったのだ！

※

「ウィスラが特別なわけではないと思うぞ」

後日、改めてあの日のことを話題に上げた乱華に、緋陵姫はあっさりと言い切った。

「恐らく、あの時ウィスラがいてくれたおかげで事態を収束できたから、お前はあの子供を特別だと思っているのだろうが、何もあの子供が特別だったわけではないとわたしは思う」

いや、確信している。

そう告げる緋陵姫は、何ら不安を覚えている様子もなかった。

乱華はそこに違和感を覚えた。

姉は、自分と同じものを悟ったのではないのか——つまり、あの穢禍という脅威に関しては、自分たち魔性に対抗策はないのだ、と。

そのことに姉が気づかないとは思えない。

なのに、姉は危機感を抱かないというのか？　自分たちでは対処できない事象が発生する可能性を、彼女は危惧していないのか？

ならば、その理由はどこにあるのか。

乱華は聞かずにおれなかった。自身の手に負えない問題が、この先世界に禍《わざわい》として襲来《しゅうらい》する可能性があると知って、どうして落ち着いていられるのか、と。

詰め寄った彼に、緋陵姫は一瞬驚いたように目を瞠《みは》り——そうして穏やかな笑みで語りかけてきた。

「お前もそうだろうが、わたしもずっと不思議に思っていたことだ。女皇《じょおう》となったあのひともそうだろう。この世界に、なぜ人間という種が生まれたのか……」

それは、ある意味乱華にとって禁忌《きんき》に触れる言葉だった。

なぜなら、彼を含めた三人の姉弟《きょうだい》は、人間である母と王蜜《おうみつ》の妖主《ようしゅ》である父との間に生まれたのだ。

人間の存在を疑問視することは、自身の存在をも疑問視することだ。

自《みずか》らの存在を疑えば、意志の力がそのまま力に繋《つな》がる魔性の理《ことわり》にあっては弱者に転落してしまう。

だからこそ、乱華はずっとその疑問から目を背《そむ》け続けてきた。

無論、母たるチェリクは人間と呼ぶには恐ろしく型破りの存在だった。間違って人間として生まれてきたとしか思えない存在だった。

だが、それは復活を遂げた本来の彼女を目にしたからこそ感じた事実だ。

乱華の記憶にあるチェリクは——異種族たる父との間に、ふたりの子を無事に産み落とすために、その力のほとんどを使い尽くした弱々しい存在でしかなかった。

ほとんどの時間を床で過ごし、珍しく床を離れた姿も弱々しいものでしかなく、とても父の隣に立つに相応《ふさわ》しい存在とは思えなかったというのが正直なところだ。

父という存在が神々《こうごう》しいまでの輝きを放っていたからこそ、乱華にとって両親の纏《まと》う気の落差は面白いものではなかった。

もちろん、母にはそれなりの情を覚えていたし、何よりラエスリールを産んでくれたことに感謝はしていた。

大事な大事な、他の誰も代わりになれない大切な姉。

その彼女をこの世に産み落としてくれた——その一点だけで、乱華にとって母は価値ある存在だったのだ。

不思議なのは、ラエスリールという存在だ。

彼女は無力だった。

彼女は不器用だった。

　彼女は自分に勝る点など、何も持ち合わせていなかった。

　物心つくと同時に、父に従い行動するようになった乱華は、当時すでに何人もの父の配下に引き合わされていた。

　正確にいえば、父が信を置く配下の中でも年少の者たちに、だが。

　彼らは時に乱華に勝る力を見せつけ、乱華が慢心の罠《わな》に陥《おちい》らぬよう配慮してくれた……とは、今でこその感想で、当時は敵《かな》わぬ力に歯がみして悔しがり、必死に力を磨くことに集中したのだが。

　そうして引き合わされた者たちの力量を正しく評価したというのに、なぜだか自分は無力な姉を蔑視《べっし》することはなかった。

　力がすべての世界だった。

　恭《うやうや》しく頭《こうべ》を垂れた相手であっても、本当の本音はわからない。

　油断すれば足を掬《すく》われる。

　父とともに行動すればするだけ、その危惧を抱かされた。

　弱者に権利はない。

弱者には何も主張する権利はない。

思えば、あれは当時の絶対律で、父はまずそれを乱華に叩《たた》き込もうとしていたのではないだろうか。

その先を見据《みす》えた上での、教育の一環《いっかん》として。

そうだとしたら、得心がいく。

だが、そうだとしたら……あの時点でも、無力な姉への変わらぬ愛情と執着は何だったのだろう。

病がちな母へはほとんど魅力を感じなかったというのに、なぜ姉への思いだけは絶対的に変わらなかったのか――。

そこで、乱華は考えたくない可能性にぶつかる。

姉であるラエスリールは、確かに無力な存在だった。けれど、彼女は生まれながらに強力な魅了眼《みりょうがん》の持ち主であったということだ。

彼女は無意識に、赤子の自分にその力を放ったのではないのか。

だからこそ、自分は呪縛《じゅばく》にも等しい彼女への執着を抱かされてしまったのではないのか。

考えたくもない可能性だ。

だが、あり得ないとは言い切れないのも確かな事実なのだ。

なぜ、ここまでラエスリールという存在を思い切れないのか。

それは、幼いラエスリールが自分に魅了眼の呪《のろ》いをかけたからではないのか……。

自分が抱いた執着のすべては、姉が知らずにまいたものではないのか。

そんな思いを抱きかかえ、捨てきれずにいた時代があった。

それを切り捨ててくれたのが緋陵姫だった。

なぜ、憎んでも憎んでもラエスリールへの執着を切り捨てることができないのか
——もしやラエスリールが魅了眼で自分を呪縛したのではないのかと、執着とも呪《じゅ》詛《そ》ともつかぬ姉への思いに悩んでいた乱華に、出会って間もないもうひとりの姉ははっきりと言い切ったのだ。

『お前の迷いはお前のものだ。お前の弱さもお前のものだ。それと存分に向き合うのなら、いつまででもわたしはお前につきあおう。だが、自分が向き合う問題から

逃げ出すために、我が分身を利用するつもりなら、わたしはお前を軽蔑《けいべつ》するぞ』と。

思えば、あれは唯一緋陵姫が、乱華にとっての姉ではなく、ラエスリールの『守護者』として放った言葉だったと思う。

その時感じた、喪失《そうしつ》の予感が、乱華を奮《ふる》い立たせたのだ。

大切な姉を、またしても喪《うしな》っていいのか。

答えは否で……そうである以上、乱華は記憶にもない疑惑に関心を抱き続けるわけにはいかなかったのだ。

※

わかった、と思った。

先ほどの緋陵姫から感じた違和感――ウィスラの存在に対して自分が感じた危機感をあっさりと否定した彼女が纏っていた空気。

あれは、出会って間もない頃に、一度だけ見せられたものと同じ、だ。

だが、なぜ今、あの時と同じ顔を彼女は見せるのか——。

「わからないか、乱華？」

緋陵姫の声は、決して冷ややかなものではなかった。

だが、逆にだからこそ、乱華はその理由を見つけなければならないのだと思った。

「姉上……もしもわたしの考えが正しければ、穢禍を前に、わたしたちができることは限られてしまう。鍵を握るのはわたしたちではない……それを不安に思うのは間違っているとお考えですか？」

穢禍を滅ぼした雷と塩。

だが、それらは自分たちだけでは効果を持たないのだ。

あれは、ウィスラがそばにいたからこそ力を発揮した。雷と塩に、特別な力があると信じる人間がいたからこそ！

つまり、それが力になると信じる人間がいなければ、たとえどんな力を持とうとも穢禍に対する脅威とはなりえないのだ！

緋陵姫はくすりと笑った。

「ずいぶん変わったと思っていたが、そういうところは相変わらずだ。お前は昔から、何でもひとりで背負おうとしすぎる……なぜ、それを不安に思う？　むしろ幸いなことだとは思えないか？」

思いがけないことを告げられ、乱華は思わず首を傾《かし》げた。

「幸い、ですか？」

緋陵姫はそうだと頷《うなず》いた。

「穢禍が再び世界に現れるかどうかはわからない。わたしとしても、二度と現れてほしくはないが、絶対にあり得ないとは言い切れない。だが、我々はすでに無策ではないのだ。あの不浄の生き物が再びこの地に現れたとしても、我らは滅ぼす手立てを見いだしている……人間の力が必要だということが、何の障害になる？　かえって励《はげ》みになるじゃないか。ラエスリールのためだけでなく、穢禍に対抗するためにも、人間を守ってやる理由となる」

理由は多いほどいいとは思わないか？

そう問われた瞬間、乱華は自分の思い違いを理解した。

いや、自身の考えの狭さを思い知らされたというべきか。

自分ができることにこだわりすぎて、大切な本質を見落としかけていた。そうだ、穢禍に対抗できる手段が、自分だけでは不可能なことを、なぜ嘆《なげ》く必要があったのか――。

ラエスリールが存続を願うこの世界を守るために、自分だけが有効な力を持つ必要などないのだ。その手立てがあるという事実こそが重要なのだ。

そして、それは見つかった。

ならば、何も嘆くことはない。

自分こそがという思いは、ただの思い上がりにすぎないのだ。

そのことに思い至り、乱華は苦い笑みを浮かべた。

自分では変わったように思っていたが、まだまだ自分は未熟だと思い知らされる。

「……わたしは、まだまだ至りませんね」

自嘲《じちょう》まじりの呟《つぶや》きを洩《も》らした彼に、緋陵姫は慰《なぐさ》めるように「いいや」と答えた。

「お前は少しばかり責任感が強すぎるだけだと思うよ。そのせいで、時に視野が狭まることもあるが……それでも、わたしは」

そんなお前を愛しているよ。

穏やかで染みいるような声が、優しく囁《ささや》きかけてくるのを、乱華は静かな気持ちで受け止めたのだ——。

# 3

ヤンヴァは夢を見ていた。

そう、夢だ。夢だとヤンヴァ自身わかっている。

なぜなら、それは過去の出来事だからだ。すでに終わった時のことを、夢に見ているだけなのだ、と。

わかっていて——それでも胸が締めつけられるほどに悲しいのは、大切な人の喪《そう》失《しつ》に関わる過去だからだ。

ヤンヴァは母とともに旅をしていた。

魔性《ましょう》の襲撃《しゅうげき》を避けるために、母の実家のあるエイリンという街を目指していたのだ。

最低限の荷物だけを持って、母とふたりで旅をしていた――路銀は十分とはいえなかったから、徒歩での移動が主だった。

疲れないわけではなかったけれど、ヤンヴァは苦しいとは思わなかった。

なぜなら、ずっと母と一緒にいられたからだ。

故郷の村で、母はヤンヴァを養うために、昼も夜も働きに出ていた。ヤンヴァが物心つく前に父は病で亡くなってしまったからだ。

父は行商人だったのだと、母は話してくれた。

母の住むエイリンの街で、道に迷っているところで母と出会ったのだと。

『あの人ったら、いろんな街に行ってるはずなのに、方向音痴《おんち》だったのよ。教えてあげた道を、最初の角で間違ってるのを見た時は、大丈夫かしらと思ったわ』

結局、母は見かねて父を案内してあげたのだという。

ところが翌日、またしても道に迷っている父を見かけたのだと。

『あんまり頼りなさそうだったから、エイリンの街の地図をあげたのよ、わたし。いくら何でも地図があれば迷わないだろうと思って』

昼も夜も働いて、大変だったろうに、父のことを話す母は、いつも楽しそうだった。

『なのに、地図を片手にそれでも迷っているのですもの！』

本当におかしそうに、その時のことを話す母の笑顔が嬉《うれ》しくて、ヤンヴァも思わず微笑《ほほえ》んだものだ。

いつも一緒にいられないのが淋《さび》しくないわけではなかったけれど、自分のために働いてくれているのがわかっていたから、絶対にそのことは口に出さなかった。

母にこんな苦労をかけることになった、記憶にもない父のことを少しばかり恨めしくも思っていたけれど、やっぱりそれも口にはしなかった。

ただ、早く大人になりたかった。

大人になれば、ヤンヴァも働ける。母にばかり苦労をかけずにすむ。早く働けるようになって、母には楽をさせてあげたい。

ヤンヴァは、本当に早く大人になりたかったのだ。

けれど、ヤンヴァが大人になるより先に、村にお触れが出たのだ。

魔性による被害が相次いでいるから、近くの大きな街に村人全員避難するように、と。

そのお触れを見た母が、ぽつりと洩《も》らしたのだ。

『エイリンに行こうか』

と。

母から何度も聞いた、母の故郷——父と母が出会った街。

父も早くに両親を亡くしていたから、村に身寄りと呼べる人がいなかったこともあり、母はそう言ったのかもしれない。父との思い出もない別の街に行くぐらいなら、故郷に戻りたいと、母は思ったのかもしれない。

ヤンヴァは迷わず頷《うなず》いた。

エイリン——母が生まれた街。

母の両親——祖父母が今も住んでいるという街。

おじいちゃん、おばあちゃんという存在は遠すぎて、会いたいかどうかはヤンヴァにもわからなかったけれど、そこに行けば母は今ほど働かなくてすむようになるかもしれない。

ならば、それがいい。

『うん、わたし、エイリンに行きたい』

それからふたりで荷物をまとめた。

持ち歩けるだけの最低限の荷物を持って、ふたり旅が始まった。

エイリンまでは徒歩でひと月かかるのだと聞いたけれど、それはまったく苦ではなかった。逆に嬉しく思ったぐらいだ。

だって、それなら最低ひと月は、一日中母と一緒にいられるのだ。

宿で同じ寝台で眠れるのが、何より嬉しかった。

手を繋《つな》いで歩くのが、楽しくて楽しくて。

いっそ、このままずっと旅していたいとさえ思ったぐらいだ。

そんなこと、思わなければよかった。顔も知らない祖父母に会うより、このままずっと母とふたりで旅していたいだなんて——！

夢の中の景色が変わる。

そう、これは夢だ。何度も何度も繰り返し見た夢。

だから、ヤンヴァはこれから何が起こるのか知っている。

やめて。

ヤンヴァは声にならない悲鳴を上げる。

やめて、これ以上見たくない――やめて、やめて！

けれどいつも通り、ヤンヴァの願いは叶《かな》わない。

山中をふたり並んで歩いていた時、突然、母が倒れた。

どさり、と突然母の体が崩れ落ちた時、ヤンヴァには何が起こったのかわからなかった。

『お母さん？』

どうしたの――？

問いかけて、近づこうとして――あり得ない現実に悲鳴を上げた。

一瞬にして、母の全身は土気色に変化していた――驚いたように見開かれたその目を見た瞬間に、ヤンヴァは悟った。悟らざるを得なかった。

母の命がすでに喪《うしな》われてしまったことを！

『いやぁぁあっっ！　お母さん、お母さん、お母さんっっ！』

悲鳴を上げて、そのあと誰かに捕まえられて、必死に暴れたような気がするけれど、よく覚えていない。

いつの間にか、自分は意識を失って――そうして。

「ヤンヴァ！　ヤンヴァ、しっかりしろ！」

少年の声が、夢と現《うつつ》の狭間にあるヤンヴァの意識を現実に引き戻す。

目を開ければ、そこは暗い部屋の中。

蠟燭《ろうそく》の明かりに照らされて見えるのは、まだ出会って間もない少年の顔だ。

「……ウィスラ」

その名を呼んで、ヤンヴァはゆっくりと身を起こした。

なぜ、ここにウィスラがいるのか――ヤンヴァは理由を知っている。

「ごめんなさい……また、叫んでた……？」

夢であの日のことを繰り返すたびに、自分は悲鳴を上げるらしい。

そのたびに隣の部屋からウィスラが心配して見に来てくれるのだ。

「気にすんな。おれが放っておけないだけだから」

ヤンヴァが謝ると、ウィスラはいつもこう言ってくれる。

あの日——この部屋で、この寝台で意識を取り戻した時から、ずっとだ。

母を殺したあの化け物と同じモノに、ウィスラもあの日、偶然出くわしたのだと言う。だから、ヤンヴァがどれほど恐ろしい思いをしたかはわかる、と。

自分たちを助けてくれた人については、ウィスラは教えてくれない。

誰かに話したら舌を抜くと脅《おど》されたらしい。もっとも、笑いながらの言葉だったから、本気かどうかはわからないとも。

ただ、その人が——もしかしたら、人たちかもしれないが——自分たちをウィスラの家まで送ってくれたことは隠さなかった。

ひとりぼっちになったヤンヴァを、しばらく預かってくれるよう、ウィスラのお爺《じい》さんに頼んでくれたのもその人だったらしい。

お爺さんは、気難しいところもあるけれど、優しい人で、ぶっきらぼうな口調だったけれど、「好きなだけ休むといい」と言ってくれた。

傷を負うのは体だけではないのだから、癒《い》えるまでゆっくり休めばいいのだ、と。

夢に魘《うな》された夜は、こうしてウィスラが様子を見に来てくれる。

優しい、優しい人たちなのだ。

「ごめんね、本当に……」

流れ落ちるままの涙を止めようと思うのに、ちっとも止まってくれないのが申し訳なくて、ヤンヴァはまた謝ってしまう。

心配をかけるだけだとわかっていても、あの夢を見たあとは涙が止まらない。

そんな彼女に、いつもウィスラは手ぬぐいを差し出すのだ。いつも綺麗《きれい》に洗った手ぬぐいを、わざわざ部屋に用意してくれているのもわかっている。

だから、ヤンヴァは思うのだ。

少しずつだけど――今はまだ悲しくて辛《つら》くてたまらなくて、あの夢に魘されてしまうけれど……いつか。

夢で笑顔の母に会える日は来るだろう、と。

会いたいのは笑顔の母だ。胸に刻みたいのは、楽しそうな母の顔だ。

だから、きっと。

いつか、その日は来るだろう――。

そう思いながら、ヤンヴァは首から提《さ》げた小さな革袋を握りしめた。

あの日、母から「汗をかいて疲れた時には、これを舐《な》めればいいのよ」と言って渡された岩塩が、入っている。

ウィスラが教えてくれた――これがあったから、あの化け物はヤンヴァを襲わなかったんだよ、と。

きっとお母さんがヤンヴァを守ってくれたんだな、と。

そう言って、渡してくれた岩塩は、ヤンヴァにとってかけがえのない宝物になったのだ。

※

虚空《こくう》に浮かぶ女皇《じょおう》の居城では、ふたりの資格保持者による戦いが再開されていた。

女皇の怒りが効いたのか、それともラエスリールの説得が功を奏したのか――どちらが原因かはわからないが、先ほどまでとは五色《ごしき》の闇《やみ》たちの動きが違っていた。

滑《なめ》らかな連携はさすがに緒《お》の繫《つな》がった者同士ということで、舞を見ているかのような美しい軌跡《きせき》を描いている。

ラエスリールとのそれは、多少ぎこちなさを伴《ともな》うが、先ほどまでの違和感は感じられない――主《あるじ》の言葉に従うとは決めたものの、危なっかしさの目立つ彼女をつい庇《かば》いそうになるのを必死に堪えているのが見て取れる。

だが、それも今のうちだけだろう、と白煉《びゃくれん》は思う。

慣れてくれば、六者の連携はより滑らかで無理のないものへと進化するに違いない。

五色の輝きに自《みずか》らの朱金《しゅきん》のそれを纏《まと》い、ラエスリールと漆黒《しっこく》の女皇が戦うさまは、どんな舞台よりも美しく感動的なものとなるだろう。

そのことを、白煉は疑わない。

決着がつき終幕を迎えた時、自分は戦いの終焉《しゅうえん》を惜《お》しむかもしれない。
だが、それは当たり前のことなのだ。
終わらぬ戦いなど、凍りついた時と同じだ。
決着のつかない戦いなど、馴《な》れ合いでしかあり得ない。
ふたりは、そんなものは望んでいない。
だから、決着は必ずつく——問題は、どちらが勝利を摑《つか》み取るかということだが。
白煉はちらり、と隣に立つ男に目を向けた。
実に楽しげに、男はふたりの戦いを見つめている——実に、嬉しげに。
それはそうだろう、と白煉は思う。
意中の相手から、あれほど大胆《だいたん》で熱烈な告白をされたのだ。
嬉しくないはずがない……もっとも、告白した当人にはその自覚はないようであるが。
まったく、と白煉は戦いに没頭《ぼっとう》するラエスリールを見つめながら思った。
最初こそ彼女の資格を疑ったが、一度めの女皇との戦いで見せた彼女の姿に、白煉は世界の皇《おう》たる者の輝きを認めた。

深淵《しんえん》の闇を纏う女皇のそれと比べても劣《おと》らぬだけの存在だと、あの時はっきりと認めた……だが。

あれほどの度胸の持ち主だとは正直思っていなかった。

柘榴《ざくろ》の妖主《ようしゅ》を無条件に信じるなど……我が身の命を無条件であの男に委《ゆだ》ねるなど……そんな恐ろしい真似《まね》は、自分にはできない。

いや、恐らくは女皇にもできはしないだろう。

いつ閉じるかもわからぬ怪物の顎門《あぎと》に自らの首を委ねるなど、正気の沙汰《さた》とも思えない。

だが、それができるからこそ……あの娘は柘榴の妖主にとって唯一絶対の存在となり得たのだろう。

何度も裏切られ、何度も操られ、いいように男の都合で振り回されたはずだ。

それでも男を受け入れる、果ての見えぬ許容は、一体どこから来るのだろう。

父である王蜜《おうみつ》の妖主譲りか、それとも人間にもかかわらず妖主を受け入れた母親からだろうか?

尋常《じんじょう》ではない。

そう言えば……と、白煉はラエスリールと初めて相対した時のことを思い出した。

懐いていた子供が、実は魔性でしかも操られてのこととはいえ、自分に刃《やいば》を向けてきた時、ラエスリールは戦うことができなかった。

やめろ、やめてくれと叫ぶばかりで、自分を殺そうとする相手に破妖刀《はようとう》を向けることさえできなかった。

一度懐《ふところ》に入れた相手にはとことん甘くなるだとか、戦えないだとか、笑うしかないと正直思った。

白煉にしてみれば、そんなものは弱者の戯言《たわごと》だ。

敵対する者は叩《たた》きつぶすもの、一度刃を向けた者は二度とそんな気を起こせぬよう完膚《かんぷ》なきまでに力の差を思い知らせるか……そこまで手をかける気がなければ命ごと焼き尽くしてしまえばいい、というのが彼女の考えだった。

だから、当時のラエスリールの姿には腹立たしさしか覚えなかった。

弱いくせに……いや、弱いからこそか、甘い理想を唱《とな》える滑稽《こっけい》な道化にしか見えなかったからだ。

だが、その結果はどうだったか……。

真名《まな》で支配していたはずの息子は彼女の叫びで呪縛《じゅばく》から解かれ、そうして自分も心臓のひとつを失った。

侮《あなど》っていたのは確かだが、到底あり得ぬことを、あの娘は成し遂げたのだ。

甘く脆弱《ぜいじゃく》な娘は、その甘さ弱さを切り捨てることなく、抱えこんだまま、自ら勝利をもぎ取った。

その包容力はいかなるほどか……。

と、そこまで考えた時、白煉の脳裏《のうり》にまるで違う可能性が浮かんだ。

ラエスリールは本当に寛大《かんだい》と言えるのか、という疑問だ。

確かに彼女のこれまでを見てみれば、馬鹿《ばか》がつくほど真面目《まじめ》で不器用な生き方をしてきたように思える。

邪羅《じゃら》にしても、長らく敵対状態にあった乱華《らんか》にしても、彼女は情ゆえに戦えないという立場を貫《つらぬ》いた。

それはだが、自らに刃を向ける相手を許していたことを意味するわけではないのではないだろうか？

彼女は何も手放すつもりがなかっただけではないのか？

弱さも甘さも情も縁も——一度手にしたものは決して手放さないと、彼女はそれを貫いたのではないだろうか？

だとしたら、それは寛大とは呼ばない。

ラエスリールは——あの異端の資格保持者は。

この世界で誰よりも貪欲《どんよく》な存在なのではないだろうか。

相手が裏切ろうが、自分を憎もうが恨もうが構わない——決して放さない貪欲さこそが、彼女の根底に流れているのではないのか。

だとしたら……白煉は感嘆《かんたん》の念さえ覚え、微笑《ほほえ》んだ。

ラエスリールが今戦っているのは、弱者である人間を守るためなどではない——という見方ができる。

彼女は、自分のものを失わないために戦っているのだ。

世界ごと、抱きかかえて放さぬか……。

なんという欲張りな娘であることか――だが、その考え方は白煉にとっては好ましいものだった。

王蜜の君も、大変な娘を残されたものだ……。

くすくすと笑いながら、白煉は自らの息子に思いを馳《は》せた。

さて、我が息子は果たしてどうしているだろうか、と。

「妾《わらわ》の出した宿題は、どれほど進んでおろうか、の」

# あとがき

寒い日々が続いておりますが、この本が発売される頃には、少しは春めいた陽射《ひざ》しが感じられるようになっているでしょうか。

こんにちは、前田珠子《まえだたまこ》です。

『鬱金《うこん》の暁闇《ぎょうあん》』第二十三巻をお届けします。

ラスと女皇《じょおう》の戦いがなかなか終わりが見えません。戦闘シーンは気力体力を大量に消耗《しょうもう》するので、早く切り上げたいのが本音なのですが、描かなければならない要素がてんこ盛りのせいで、果てのない修行に取り組んでおります（笑）。

ただ、一応盛り込む要素はひと段落したので、次巻では次の展開に進めるかと……進めるよう頑張《がんば》ります。次巻では、久しぶりに邪羅《じゃら》とリーヴシェランの登場も予定してます。邪羅が母親からの『宿題』に四苦八苦する場面を描くのが楽しみです。

いろいろなことがあって、登場人物たちにも変化が訪れています。今回は特に変化が著《いちじる》しいふたりに頑張ってもらいました。乱華《らんか》と緋陵姫《ひりようき》のシーンで、今回ほど軽やかな空気を描けたのは初めてではないかと思います。

女皇も刻々と変化を遂げてますが、まだまだ彼女の成長は中盤ですね。この先、驚天動地の事態に直面してもらう予定です（当然ラスも巻き込まれます）。ゆっくりとですが、確実に物語は進んでおります。最後までおつきあいいただければ嬉《うれ》しいです。

さて、一昨年《おととし》秋に我が家に来た子猫のお嬢さんは、今や立派な成猫となり、日々狩りに明け暮れてます。

子猫の頃はせいぜいバッタやトカゲだったのですが、最近ではモグラやネズミに小鳥まで咥《くわ》えてきます。

大抵生きたまま持ってくるので、回収するのが大変です。一度買い物に出かけて帰宅したら、生きたままお持ち帰りしたモグラを追いかけておりました。母とふたりで獲物回収にてんやわんやの大騒ぎでした……働き者の有能な狩猫さんは、有能すぎて飼い主を振り回してくれます（笑）。

今回もイラストの小島榊《こじまさかき》さんをはじめとする関係各所の皆様に大変お世話になりました。この場をお借りして御礼申し上げます。

それでは、次の本でもお会いできることを願って――。

平成二十七年　春

前田珠子

※この作品はフィクションです。実在の人物・団体・事件などにはいっさい関係ありません。

この作品のご感想をお寄せください。

**前田珠子**先生へのお手紙のあて先

〒101－8050　東京都千代田区一ツ橋2－5－10
集英社コバルト編集部　気付
**前田珠子**先生

**まえだ・たまこ**

1965年10月15日、佐賀県生まれ。天秤座のＢ型。『眠り姫の目覚める朝』で1987年第９回コバルト・ノベル大賞佳作入選。コバルト文庫に『破妖の剣』シリーズ、『カル・ランシィの女王』シリーズ、『聖獣』シリーズ、『聖石の使徒』シリーズ、『天を支える者』シリーズ、『空の呪縛』シリーズ、『ジェスの契約』『トラブル・コンビネーション』『陽影の舞姫』『女神さまのお気の向くまま』『万象の杖』『月下廃園』など多数の作品がある。興味を覚えたことには積極的だが、そうでない場合、横のものを縦にするのも面倒くさがる両極端な性格の持ち主。趣味と実益を兼ねてアロマテラピーに手を出したものの、今ではすっかり実益のほうが大きくなり、趣味とは言いがたくなりつつある。次こそは優雅な趣味を持ちたいと身の程知らずにも思っている。

――破妖の剣　6――
鬱金《うこん》の暁闇《ぎょうあん》23

COBALT-SERIES

2015年３月10日　第１刷発行

★定価はカバーに表示してあります

著　者　前田珠子
発行者　鈴木晴彦
発行所　株式会社　集英社
〒101－8050
東京都千代田区一ツ橋２―５―10
電話
【編集部】03-3230-6268
【読者係】03-3230-6080
【販売部】03-3230-6393（書店専用）

印刷所　大日本印刷株式会社



ISBN978-4-08-601850-0 C0193

好評発売中 コバルト文庫
めくるめく
超《スーパー》ファンタジーの
伝説が今、再び……！

好評発売中 コバルト文庫
珠玉の超《スーパー》ファンタジーに
酔いしれよ!!
言ノ葉は呪縛する紅琥珀《こうこはく》
義父レンバルトを密かに想う少女リエンカ。ある夜、レンバルトの秘密を知ったリエンカは…!?
異形を仮面で隠した人々が棲むアルバワヌの里で、逃走中のラスと闇主は…!?
破妖の剣 外伝
前田珠子
イラスト／山本鳥尾

コバルト文庫
好評発売中
「聖石の使徒」シリーズ
前田珠子
イラスト／山本鳥尾
選ばれし子供たちが、世界を守る――!!
其《そ》は焔《ほむら》をまとう者
其《そ》は力を放つ者
其《そ》は天秤《てんびん》をかざす者Ⅰ・Ⅱ
其《そ》は水に遊ぶ者Ⅰ・Ⅱ
揺籃《ようらん》の瞳
蒼の組木箱
狩人の爪
狩人の覚悟
狩人の宝

コバルト名作シリーズ書き下ろしアンソロジー②
ちょー聖霊と四龍島《スーロンとう》
第1弾は発売直後から大好評!!
ファン待望のアンソロジー第2弾！
大人気シリーズはいつの時代も
愛されまくり！　豪華作家陣が
とっておきの逸話を書き下ろし！
真堂　樹
「四龍島」
瀬川貴次
「聖霊狩り」
野梨原花南
「ちょー」
前田珠子
「女神さまのお気の向くまま」
カバーイラスト／明咲トウル
コバルト文庫
好評発売中

コバルト文庫
好評発売中
まいりませ、幻想図書館
眼鏡の淑女と古書の謎
ひずき優
イラスト／まち
本を愛するアムネリアは、王都で暮らす父から呼び出された。憧れの『幻想図書館』に行けると意気込む彼女を待っていたのは、公爵家子息との縁談で…!?
本好き令嬢の波瀾万丈ラブコメ♥

コバルト文庫
好評発売中
黄金の淑女《ゴールデン・レディ》
Golden Lady
わたしは犬じゃありません
訳アリ令嬢とドS王子の結婚コメディ！
「おまえにはしつけが足りないようだな」
宮廷女官として地味に生きる訳アリ令嬢が、第二王子に騙されて結婚することに!?
白川紺子
イラスト／椎名咲月

コバルト文庫
好評発売中
運命の恋、”視《み》え“ちゃいました！
せひらあやみ
イラスト／紫 真依
あやかし姫陰陽師
降伏寸前!?
君の鬼門は恋とキス
人の過去未来が視えるモグリの陰陽師・紫理《ゆかり》。依頼者の陰陽師・遥貴《はるたか》との間に視えた未来とは!?
降伏、不可避!?
君と抱き合う一夜の行方
怪異の続く一条桟敷屋《いちじょうさじきや》に恋人を装って潜入した紫理と遥貴。褥《しとね》で抱き合う二人の姿を予知してしまった紫理は…!?

炎の蜃気楼《ミラージュ》昭和編
桑原水菜
イラスト／高嶋上総
混沌の世に換生した男たちの鼓動!!
夜《よ》啼《なき》鳥《どり》ブルース
昭和30年代の東京・新橋。歌姫の美声が響くホール・レガーロを舞台に、夜叉衆《やしゃしゅう》の新たな戦いが始まる…！
揚《あげ》羽《は》蝶《ちょう》ブルース
原因不明の怪事件が続くレガーロに、元歌姫で現大手芸能プロダクションの社長が乗っ取りを仕掛けて…!?
瑠《る》璃《り》燕《つばめ》ブルース
束の間の平穏を過ごす景虎《かげとら》たちだったが、店に謎の髑《どく》髏《ろ》が送られてきて以来、周囲で異変が起こるように!?
霧《む》氷《ひょう》街《まち》ブルース
東都大の学生たちの間で広まる「同じ夢を見る」という怪現象。真相究明のため、直江《なおえ》(笠原)が乗り出すが!?
コバルト文庫
好評発売中

コバルト文庫
好評発売中
見習い陰陽師の平安あやかし絵巻！
鬼舞
瀬川貴次
イラスト／星野和夏子
見習い陰陽師と御所の鬼
見習い陰陽師と橋姫の罠
見習い陰陽師と百鬼の宴
見習い陰陽師と試練の刻
見習い陰陽師と爛邪《らんじゃ》の香り
見習い陰陽師と災厄の薫香
見習い陰陽師と悪鬼の暗躍
ある日の見習い陰陽師たち
見習い陰陽師と呪われた姫宮
見習い陰陽師とさばえなす神
見習い陰陽師と応天門の変
見習い陰陽師と漆黒の夜
ふたりの大陰陽師
見習い女房と安倍の姉妹

大人気コミック
「君に届け」を完全小説化《ノベライズ》!!
大好評発売中!!
気づいたのは、
"いとしい"のキモチ。
陰気な見た目のせいで
クラスになじめない爽子《さわこ》。
しかし、そんな彼女にも
わけへだてなく接してくれる
男の子・風早《かぜはや》のおかげで、
しだいに友情や恋が
芽生えていく…?
小説 下川香苗 原作 椎名軽穂
小説版
君に届け
1〜15
シリーズ既刊15冊・好評発売中!
1 君に届け
2 恋に気づくとき
3 それぞれの片想い
4 好きと言えなくて
5 すれちがう心
6 告白をもういちど
7 あたらしい日々
8 ふたりだけの時間
9 いつもとちがう夏
10 こころをゆらす旅
11 ためらいの理由
12 つないだ手のゆくえ
13 クリスマスをいっしょに
14 自分のまん中にあるもの
15 二度めのバレンタイン
小説だけのオリジナルエピソード。
コミックスサイズで発売中!
小説オリジナルストーリー
君《きみ》に届《とど》け
〜明日になれば〜
コバルト文庫